講談社文庫

献上の祝酒

下り酒一番㈢

千野隆司

JN166667

講談社

目次

『献上の祝酒　下り酒一番㈢』――おもな登場人物

卯吉《うきち》　霊岸島新川河岸《れいがんじましんかわかし》の酒問屋武蔵屋《むさしや》の手代。先代市郎兵衛《いちろべえ》の妾腹《しょうふく》三男。

市郎兵衛　先代の跡を継いだ酒問屋武蔵屋の主《あるじ》。放蕩癖《ほうとうへき》あり。

次郎兵衛《じろべえ》　芝浜松町《しばはままつちょう》の小売り酒屋武蔵屋分家の主。市郎兵衛の弟。見栄を張る。

お丹《たん》　先代の女房。市郎兵衛、次郎兵衛の母。武蔵屋を差配する大おかみ。

小菊《こぎく》　市郎兵衛の女房。市郎兵衛は冷たい。おたえが一人娘。

乙兵衛《おつべえ》　帳場を預かる一番番頭。仕事は丁寧《ていねい》だが、事なかれ主義。

巳之助《みのすけ》　二番番頭。

桑造《くわぞう》　手代。まずまずの売れ行きの福泉《ふくせん》を担当。

吉之助《きちのすけ》　武蔵屋を背負っていた大番頭。卯吉に期待をしていた。故人。

竹之助《たけのすけ》　武蔵屋分家の番頭。

丑松《うしまつ》　武蔵屋分家の手代。

東三郎《とうざぶろう》　西宮《にしのみや》の船問屋今津屋《いまづや》・江戸店《だな》の主人。武蔵屋と親しい取引先。

お結衣《ゆい》　東三郎の娘。一つ上の卯吉には親切。

勘十郎《かんじゅうろう》　大伝馬町《おおでんまちょう》の太物屋《ふとものや》大和屋《やまとや》の主。先代市郎兵衛の弟。

吉《きち》右《え》衛門《もん》　小菊の養父で、鉄砲洲本湊町《てっぽうずほんみなとちょう》の下り酒問屋坂口屋《さかぐちや》の主。

尚吉《しょうきち》　坂口屋の手代。卯吉と顔見知り。

利《り》右《え》衛門《もん》　中どころの下り酒問屋貫井屋《ぬくいや》の主。夢力《ゆめぢから》を商う。

茂《も》助《すけ》　卯吉の亡き母おるいの弟。諸国を巡る祈《き》禱師《とうし》。棒術の達人。

寅吉《とらきち》　霊岸島の岡っ引き。卯吉と同《おな》い年《どし》の幼馴染《おさななじ》み。

庄助《しょうすけ》　上灘《かみなだ》の大西《おおにし》酒造の番頭。新酒稲飛《いなとび》を卯吉に売り込んだ。

惣太《そうた》　船頭。春嵐のとき、卯吉に救われたことがある。

田所紋太夫《たどころもんだゆう》　定町廻り同心。寅吉を使う。

鵜飼頼母《うかいたのも》　六百石の旗本の当主。新御番組頭《しんごばんくみがしら》。お丹の実弟。

石井良助《いしいりょうすけ》　鵜飼家の用人。

山口勘兵衛《やまぐちかんべえ》　二千石の旗本。新御番頭《しんごばんがしら》。鵜飼頼母の上司。

下り酒一番(三)

献上の祝酒《いわいざけ》

第一章　野分《のわき》の後

一

野分の嵐があった翌日、空は雲一つない晴天だった。白い海鳥が、初秋の日差しを浴びて飛んでいる。

青空のもと、光が翼から飛び散るように見えた。

七月になっても、厳しい残暑が続いていたが、十日近くなってようやくおさまってきた。動けば汗が出るが、酷暑の頃とは明らかに違った。

霊岸島《れいがんじま》を横断する新川《しんかわ》の河岸《かし》には、下り酒の問屋が並んでいる。その一軒の店《たな》の前にある船着き場で、荷運びをする小僧たちの掛け声がこだましていた。

酒蔵にあった四斗の酒樽《さかだる》が、平底の荷船に積み込まれている。ご府内の小売りの店に運ばれてゆく。

「あれは上灘《かみなだ》の稲飛《いなとび》じゃねえか」

「ああ、そうだ。近頃は、ずいぶん人気が出てきたようだぜ」

「武蔵屋《むさしや》も、てえしたもんだ。新酒番船で一番になった灘桜《なだざくら》だけでなく、あの酒まで評判になって売れているわけだからな」

「さすがに老舗《しにせ》の大店《おおだな》だ」

荷運びの様子を見ていた二人連れが話をしている。

新川の南河岸、霊岸島 銀 町《しろがねちょう》二丁目の武蔵屋は、重厚な建物で間口が六間半ある。店の裏手には、堅牢な酒蔵が聳《そび》え立っていた。

手代の卯吉《うきち》は、商いの綴《つづ》りを手にして、運び出す酒樽の数を確認していた。

反対の声がある中で、稲飛は上灘では小さい酒蔵である大西《おおにし》酒造から卯吉が仕入れた。初めは売れ行きも伸び悩んだが、淡麗な味わいが好まれて、試飲のつもりで飲んだ者が、また飲みたいと口にするようになった。

求める者が徐々に増えて、人気酒の仲間入りをしてきた。稲飛は灘桜と共に、武蔵屋の主力商品になってきたのである。

平底船に稲飛五樽を載せた後、卯吉は小僧たちに宮錦《みやにしき》という銘柄の酒二樽を載せるように命じた。

そこで卯吉は、「ふう」とため息を吐《つ》いた。

「まったく、この酒には困ったものだな」

卯吉に声をかけてきた者がいた。芝《しば》にある分家の武蔵屋で手代をしている、丑松《うしまつ》だった。丑松は二歳年上で、二十一歳になる。武蔵屋子飼いの奉公人だが、次男次郎兵衛《じろべえ》が二年前に芝浜松町《はままつちょう》四丁目に分家の店を出したとき、ついてゆくように当時の大番頭吉之助《きちのすけ》に命じられた。

今日は仕入れのことで、本家に顔出しをしていたのである。

「まあ、売るしかない酒ですが」

卯吉は答えた。

宮錦は、本店の主人市郎兵衛《いちろべえ》が灘から仕入れた酒だが、他の酒と比べて雑味があり値も高値で売れ行きは芳《かんば》しくなかった。千五百樽仕入れて、まだ三分の二以上が残っている。

「売れない酒はおまえに押し付けて、市郎兵衛は、売れる稲飛を売りに廻《まわ》っている。いかにも、自分が探してきましたっていう顔でな」

「…………」

「ふざけたやつだぜ。それを許しているお丹《たん》や乙兵衛《おつぺえ》も、勝手なもんだ。おまえだけが、いつも貧乏くじを引かされている」

宮錦は、灘から来た蔵元の番頭に煽《おだ》てられていい気になり、市郎兵衛が仕入れた。毎夜のように、もてなしを受けた。

しかしこの酒は、舌の肥えた酒好きからは敬遠された。値を下げれば売れたかもしれないが、一度付けた値を下げるのは、店の格を落とすと言い張ってお丹は承知をしなかった。お丹は先代市郎兵衛の女房で、武蔵屋の大おかみという立場だった。

お丹に逆らえる者はいない。

卯吉が仕入れた稲飛は、すでに三度目の追加仕入れをして、合計三千二百樽になった。今では、蔵元である大西酒造にも在庫がないという状況となった。武蔵屋の在庫も底をついてきていて、近日中に最後の百樽が入荷することになっている。

お丹や市郎兵衛の反対を押して仕入れをし、販路の開拓をした卯吉だが、今は退けられ、売れない宮錦を受け持たされた。丑松はそのことを、口にしていた。

店のためには、宮錦を売らなくてはならないことは分かっている。しかし稲飛の販売から手を引けという指図は、不満だった。それを察したお丹は、冷ややかな口調で言った。

「どんな品でも、きちんと売ってこそ一人前の商人《あきんど》じゃないか」

市郎兵衛がした見込み違いの仕入れには触れない。卯吉は功績が認められることもないまま、尻拭《しりぬぐ》いだけを押し付けられた。

このことは、武蔵屋に奉公する者ならば誰でも知っている。しかし表立って、これについて何かを言う者はいなかった。一番番頭の乙兵衛も、二番番頭の巳之助《みのすけ》も知らんぷりをしていた。

分家にいる丑松は、本家の手代か小僧から聞いたらしかった。

「丑松さんだって、後始末がたいへんじゃあないですか」

卯吉は、損な役回りは自分だけではないという気持ちで口にした。

分家の主人次郎兵衛は、お丹が腹を痛めた子どもで、今の主人市郎兵衛の弟だ。兄弟は、どちらも商いに対する気持ちはあるが、辛抱が利《き》かず頭を下げられない。目先の始末にばかり目が行って、先が見通せない。分家の商いは火の車で、本家から折々金を引き出してゆく。

つい最近も、騙《だま》されて大金を奪われる瀬戸際まで行った。卯吉と丑松が力を合わせて、防いだのである。

丑松はそれだけでなく、次郎兵衛の無茶な商いの後始末をさせられていた。

「お丹が、市郎兵衛と次郎兵衛を甘やかすからだ」

丑松は毒づいた。卯吉と二人だけのときは、主家の者でも呼び捨てにしている。

「こんな泥船、さっさと逃げ出した方が身のためだぜ」

武蔵屋は傍《はた》から見れば老舗の大店だが、見栄《みえ》を張るばかりで放漫な商いが続き、屋台骨はぐらついている。先代の時には何軒もあった家作も、あらかた手放していた。資金繰りも、やっと回している状態だ。丑松はそれが分かるから、口にしたのである。

「おれは、いつだって出て行く支度《したく》ができているぜ」

と続けたが、あながち勢いだけで言っているのでないのは分かっていた。番頭になる目前まで行った先輩の手代が、他の店に引き抜かれた。今年になってからのことだ。

「じゃあな」

引き上げて行く丑松の後ろ姿を、卯吉は見詰める。そして呟《つぶや》いた。

「自分は、何であれここを出て行くわけにはいかない」

卯吉は先代市郎兵衛の三男である。とはいえ、母はお丹ではない。父が囲っていた母おるいが亡くなって、武蔵屋へ引き取られた。

したがって市郎兵衛や次郎兵衛は、腹違いの兄となる。お丹にしてみれば、自分は憎い女が生んだ血の繋《つな》がらない子だった。しかしそれは、卯吉にはどうすることもできない話だ。

父が亡くなる直前、卯吉は枕元へ呼ばれた。

「おまえは私が死んだあと、武蔵屋を守る番頭になれ」

と言った。二人の兄では心もとない、と見抜いていたのである。その場には、大番頭だった吉之助もいた。

「私の血を分けたおまえだからこそ、店を守ることができる」

父はさらに、こう続けた。商いのいろはを教えてくれた吉之助も、傍で頷《うなず》いていた。

このときの二人の眼差《まなざ》しは忘れられない。

今のままでは、武蔵屋は間違いなく商いが成り立たなくなる。それを防ぐのが自分の役目だと思うから、何があっても、ここで力を尽くさなくてはならないと考えていた。

武蔵屋の本店にいる奉公人には、卯吉の味方はいない。分家の丑松だけが、本音でものを言える相手だった。

店に入ると、先輩の手代桑造《くわぞう》が、小売り酒屋を営む客と話をしていた。如才《じょさい》ない様子で、福泉《ふくせん》という酒を勧めていた。

「ふくらみのある味ですよ」

試飲をさせていた。福泉は、下灘《しもなだ》の酒で桑造が仕入れて販売を請け負っている。宮錦のような雑味はまったくない。まずまずの売れ行きだったが、稲飛にはかなわなかった。

二十五歳で、番頭に近い位置にいる。だから卯吉が、稲飛を売れる酒にしたことについては、おもしろくないと思っている気配があった。

いつものことだが、卯吉には一瞥《いちべつ》も寄こさない。

市郎兵衛が、奥から姿を現した。

「ちょいと、出かけてくるよ」

と帳場にいる乙兵衛に声をかけた。行先は告げない。どこかそわそわしていた。

こういうときは、たいてい夜遊びだ。まだ夕暮れどきには間があるが、そのへんは気にしていなかった。このところ、夜の外出が増えている。朝帰りになることもあった。

乙兵衛も巳之助も、引き留めない。

そこへ木綿《もめん》物とはいえ、きっちりと着こなした主持《あるじ》ちの侍が姿を現した。

「いらっしゃいませ」

と声が上がる。武蔵屋では顔馴染《なじ》みの者だった。家禄《かろく》六百石の旗本鵜飼《うかい》家の用人石《ようにんいし》井良助《いりょうすけ》である。鵜飼家の当主頼母《たのも》は、お丹の実弟だった。新御番組頭《しんごばんくみがしら》を務めている。

お丹は、鵜飼家から武蔵屋へ嫁に入ったのである。お丹は実家を大切にしているから、頼母はもちろん石井の出入りも多かった。奉公人でその顔を知らない者はいなかった。

「ちと、お伝えしたいことがござる」

石井は、外出しようとする市郎兵衛を引き止めた。そして奥の部屋へ行った。

さして間を置かず、市郎兵衛と石井だけでなくお丹も姿を現した。母子は、どこか緊張の面持《おもも》ちとなっている。

「出かけてきますよ」

理由も伝えないで、三人は履《は》き物《もの》をつっかけた。

「何があったのでしょう」

巳之助が首を捻《ひね》った。一同は、ただ見送った。

二

お丹と市郎兵衛が、石井に連れられて行った場所は麹町《こうじまち》の間口が三十間以上ある、大身旗本の屋敷だった。門番所付きの長屋門である。

お丹は武家の出で、実家の鵜飼家を誇りに思っているが、その屋敷とは比べ物にならない広さと格式があった。

石井が門番所へ声をかけると、潜《くぐ》り戸《ど》が内側から開かれた。一つ大きく息を吸って、お丹は敷地の中に足を踏み入れた。

ここは家禄二千石、新御番頭《しんごばんがしら》を務める山口勘兵衛《やまぐちかんべえ》の屋敷だった。そこの組頭を務める弟頼母は配下となる。将軍出行《しゅつこう》の折には先駆けを務める、重要な役目だ。将軍の親衛隊といっていい。

お丹はそのことを、自慢の種にもしていた。

鵜飼家は、二十数年前に家計が著しく傾いたことがあった。お丹は、当時は勢いのあった武蔵屋へ嫁いで、婚家から援助を得た。それで危機を乗り切ったという過去がある。

お丹は、弟の頼母をもっと重い役に就けたいという野心を持っていた。そのためには、直属の上司である山口には、覚えめでたくしておかなくてはという気持ちがあった。

武蔵屋は、大名家や大身旗本家の御用達《ごようたし》を受けているが、それは出入りの商人としての関わりだ。しかし山口家は、酒にまつわる御用であるにしても、鵜飼家を通してのものだから気持ちのありようが違った。

その緊張は、市郎兵衛にも伝わっている。すっかり強張《こわば》っているのが分かった。

通された部屋には、弟の頼母の姿もあった。

「いったい、何事ですか」

と声を落として問いかけた。石井は献上する酒についての話だと言ったが、詳《くわ》しいことは知らなかった。

「悪い話ではありません。武蔵屋にとっても、良い話です」

頼母がそう言ったところで、足音が聞こえた。開かれた襖《ふすま》の、向こうの部屋に現れたのは、山口勘兵衛だった。

お丹と市郎兵衛は、両手をついて頭を下げた。

「よいよい、頭を上げよ」

山口は、気さくな様子で言葉をかけてきた。歳は四十四だと聞いている。武官らしく、日焼けした精悍《せいかん》な面立ちだった。

お丹は、続く言葉を待った。頼母のためならば、一肌脱がねばと腹を決めている。

「実はな、わしの兄蜷川監物《にながわけんもつ》には娘があってな、それも十八となり、この度婚儀が調《ととの》った。相手は、御書院番頭《ごしょいんばんがしら》を務める藤堂《とうどう》家である」

どこか誇らしげな口ぶりだった。

山口勘兵衛は、家禄六千石蜷川家の次男として生まれ、山口家に婿《むこ》に入った。兄の監物は、五千石高の大御番頭《おおごばんがしら》を務めていた。大名と共に大坂《おおさか》在番や江戸城二の丸の警衛に当たった。戦時には新御番と共に将軍の先駆けをするが、歴史は遥かに古い。同じ番頭《ばんがしら》でも、格式は大御番の方が高かった。

旗本でも、万石級の扱いだ。新御番頭は二千石高の役である。

そして藤堂家は家禄五千石で、当主の外記《げき》が務める御書院番頭の任務は重い。平時は営中の要所を固め、儀式の折には御小姓《おこしょう》と交代で将軍の給仕《きゅうじ》を行う。将軍出行《しゅっこう》の折には、前後を護衛する。

同じ親衛隊でも、将軍には一番近いところで役目を果たす。四千石高の役目だが、重要さでは大御番に劣らない。加えて将軍家に近い存在なので、武官でありながら幕政にも影響力を持っていた。

大御番や御書院番、新御番などの武官を番方《ばんかた》と呼ぶ。複数の組をもって構成され、組頭がいる。番頭は、組頭を統率した。

「藤堂家のご嫡男一学《ちゃくなんいちがく》様は、二十二歳であらせられる。蜷川家の旭姫《あさひひめ》様は十八歳、似合いの縁談でござる」

頼母が補うように口にした。将軍家武官の、番頭同士の縁談である。公式に伝えられれば、話題になる。将軍家からも祝いの言葉や品が贈られるはずだった。

「まことに、おめでたいことでございます」

お丹は、畳《たたみ》に額が付くくらいに頭を下げた。

山口が、話を続けた。

「そこでだ、藤堂家と蜷川家では、祝いの酒を将軍家に献上することになった。その酒は、吟味《ぎんみ》を尽くした銘酒でなければならぬ」

「ははっ」

これで何となく、呼ばれた理由の見当がついた。

「そこでである。両家に近い大御番や御書院番、そして新御番の各組は、この慶事を祝して献上の祝酒《いわいざけ》を推薦することになった」

「な、なるほど」

将軍家の親衛隊といっていい三つの番方が、祝意を持って、酒問屋と組んで酒を出すという趣向だ。

　この献上は、公式のものではない。恒例にもなっていないが、藤堂外記と蜷川監物は、近侍する将軍家からの覚えもめでたかった。内々に将軍家からの祝いの品も下賜《かし》されるとのことで、礼の意味もこもっていると説明された。

「各組から出た銘酒の中から、藤堂家と蜷川家が一銘柄を選び、将軍家への献上の酒とする」

　数は百樽。その費用は婚礼を行う二家が出すと付け足した。

「では新御番からも」

「もちろんである。どうだ武蔵屋には、それにふさわしい酒があるか」

　山口が身を乗り出した。新御番は大御番や御書院番よりも格下だが、献上の酒を出したいと考えているらしかった。

「も、もちろんでございます」

　お丹はかすれた声を出した。

　将軍家への献上の酒を出すとなると、武蔵屋を見る同業や顧客の目は一気に変わる。認めたくないが、商いの退潮は今や隠しようもない。しかしこの役目を果たせば、店に勢いがあることを新川河岸中に示すことができる。また鶴飼家にとっても、酒を推薦したことで功績となる。

一石二鳥といっていい話だった。

「どのような酒があるのか」

「はい、百樽を出せるのは、稲飛、福泉、それに宮錦といった酒でございます」

どれも評判を上げて、売り出したいところだ。

「ならば、飲んで試そう。組頭の中で、鶴飼の外にも推してくる者がいるやもしれぬからな」

ということになった。

山口は、出された品の中で、一番のものを選びたいらしかった。ただ武蔵屋を呼んだのは、鶴飼家の縁続きで、霊岸島の下り酒問屋では指折りの店だと考えているからだろう。

頼母が強く推したこともあるが、山口は武蔵屋の屋台骨が傾きかけていることは知らないようだ。

「将軍家への献上は、八月の二十五日になると聞いている。新御番では、早めに推す酒を決めておこう」

そこで他の組頭にも諮《はか》り、五日後には各組頭が集まって試飲し、新御番が推す酒を決める段取りになった。

その頃、卯吉は霊岸島と新堀川《しんぼりかわ》を隔てた対岸の日本橋北新堀町《きたしんぼりちょう》にある船問屋今津屋《いまづや》へ来ていた。西宮《にしのみや》にある船問屋の江戸店《だな》である。江戸と上方を繋ぐ樽廻船《たるかいせん》を運航していた。

ここの主人は東三郎《とうざぶろう》といって、なかなかのやり手だ。大型の樽廻船を扱うだけでなく、何艘《そう》もの小型の荷船を持って、ご府内の荷の輸送にも手を出して商いの実を上げていた。

武蔵屋が灘から仕入れる下り酒は、先代の時から今津屋を利用していた。そういう意味では、親しい商い相手ということになる。

卯吉は今津屋にしてみれば、商売相手の手代に過ぎない者だが、主人の東三郎や娘のお結衣《ゆい》とは昵懇《じっこん》の間柄といってよいものになっていた。春嵐の折に、今津屋に縁のある荷船の船頭を命懸けで助けたことがあって、それから一気に親しくなった。

卯吉が訪ねたのは、西宮から稲飛を積んだ樽廻船がそろそろ江戸に着く、その状況を聞きに行ったのである。

「精が出ますね、卯吉さん」

店に出てきたお結衣が、声をかけてくれた。笑顔が愛らしく感じる、十八歳だ。

卯吉はたとえ商いの用でも、今津屋へ足を向けるときは気持ちが弾む。誰にも伝えたことはないが、お結衣に対して淡い思慕の念を持っている。

お結衣は卯吉には親しく声掛けをしてくるが、それはこちらが感じているような特別なものではない。それが物足りないところではあった。

ただ、店には他にもいくつかの店からの使いが来ていた。昨日の野分で、江戸へ近づいてきていた千石積みの樽廻船が、激しい風雨に襲われた。何らかの被害があったのではないかと案じる気持ちがあるからだった。

嵐は珍しいことではないが、被害が大きければ損害も莫大《ばくだい》なものになる。武蔵屋は稲飛百樽だけだが、五百樽千樽と仕入れている店もあった。

卯吉は稲飛の扱いからは離れさせられていたが、愛着のある酒だから気になってやって来たのだ。

「まだ、荷船にまつわる知らせは入っていません。入り次第、お知らせいたしますよ」

東三郎は、集まった者たちに言った。

「おや、卯吉さん。あなたのところでも、荷が入ることになっていたんですね」

声をかけてきた者がいた。鉄砲洲本湊町《てっぽうずほんみなとちょう》の下り酒問屋坂口屋《さかぐちや》の手代尚吉《しょうきち》である。卯吉とは同い年で、前からの顔見知りだ。

坂口屋は年に四万樽を商う大店で、主人の吉右衛門《きちえもん》は下り酒問屋の株仲間の中では重鎮といっていい人物だった。吉右衛門は先代主人の市郎兵衛と昵懇で、今の市郎兵衛の女房小菊《こぎく》の養父という関係になっていた。

卯吉は前に、商いのことで助けてもらった。

「うちじゃあ、灘剣《なだつるぎ》五百樽を受け取ることになっていてね、気になって来たんですよ」

いつもは気迫を持って商いに当たっている尚吉だが、今日は不安げな顔だった。灘剣は売れ行きも良く、坂口屋の主力商品の一つといってよかった。

万一破船になっても、それで坂口屋が窮地に追い込まれる虞《おそれ》はないが、大きな損害になるのは間違いない。

「武蔵屋さんは、稲飛ですね」

「ええ、ちゃんと着いてもらわないと困ります」

百樽でも、ほぼ売れ先が決まっている。新たな仕入れが難しい酒だから、船は無事に着いてほしかった。

三

出かけていたお丹と市郎兵衛が武蔵屋へ戻って来たのは、そろそろ暮れ六つ（午後六時）の鐘が鳴ろうかという刻限だった。

店の戸を閉めたところで、乙兵衛などの番頭、それに手代を板の間に集めた。こういう場合、手代に発言は許されていないが、問いかけを受ければ応じなければならない。

卯吉にとっては、店の商いの流れが分かるいい機会だと思っていた。

一同の前に立ったのは市郎兵衛で、興奮気味の顔だった。胸を張って、奉公人たちを見回す。どうだと言わんばかりだ。ただ、卯吉には目を向けない。いつものことだが、いない者として扱う。

「近く、ご大身藤堂家と蜷川家で、御縁談が結ばれる。目出《めで》たい話だが、その祝いとして両家は、将軍家に酒百樽を献上することになった」

大御番や御書院番、新御番からそれぞれ一銘柄の酒の推挙を行い、婚儀を行う両家が献上の酒を決めるという流れを聞いた。選び出す手順や、搬入の期日についてもだ。市郎兵衛は、献上の相手が将軍家だというところでは、わざとらしく頭を下げた。奉公人たちも、ため息を漏《も》らした。

「今日招かれたのは、他でもない。新御番からの酒として、武蔵屋の酒を出してはどうかという番頭山口勘兵衛様の、じきじきの話であった」

市郎兵衛は、ここでまた一同を見回した。

「それは、ありがたいお話ですね」

乙兵衛が応じた。将軍家への献上の酒を出したとなれば、店の名を上げ、以後の商いがやりやすくなる。傾きかけた店に、勢いを持たせることにもなるだろう。

「これは新御番組頭の鵜飼様のお計らいがあったからこその話だ」

市郎兵衛の言葉に、お丹が満足そうに頷いた。

「では、何としても、うちから献上の酒を出したいですね」

巳之助が言った。他の者たちが頷く。

「そこでだ。どの酒を推すかだ。新御番の他の組頭も、どこかの問屋と組んで、推挙をしてくるに違いない」

「そうですよ。それに負けるわけにはいかない」

市郎兵衛の言葉に、お丹が続けた。こういう場面では市郎兵衛に任せるのが常だから、口出しをするのはお丹の並々ならぬ決意を伝えている。

「これがいい、というものを挙げてもらおうじゃないか。お歴々を頷かせる、推挙のわけも含めてね」

一同を集めたのは、このためだ。手代たちは、顔を見合わせた。

「一番なのは、灘桜ですがね」

巳之助が漏らした。新酒番船で一番になった人気酒だが、数に限りがあって百樽は集められない。

「では、宮錦はいかがでしょう」

これを口にしたのは乙兵衛で、卯吉は驚いた。他にも、何だという顔をした者がいた。

宮錦は市郎兵衛が仕入れた酒で、在庫が大量に残っている。売ってしまいたい酒であるのは間違いないが、酒好きのお歴々が、これを選ぶとは思えなかった。

卯吉は、乙兵衛が宮錦を仕入れた市郎兵衛の気持ちを忖度《そんたく》したと解釈した。宮錦を挙げたところで、市郎兵衛は顔をほころばせている。

しかし本気で献上の酒にしたいならば、選んではいけない酒だった。

「あれは下り物にしては微妙な雑味があり、ふくらみにかけますよ」

と言ったのは、お丹だった。宮錦では選ばれないと、分かっての言葉だ。これを言えるのは、他にはいなかった。

「稲飛の在庫は、どうなっているのか」

これを聞いてきたのは、巳之助だ。居合わせた者たちが、卯吉に顔を向けた。在庫管理は、卯吉の役目だ。

「倉庫にある稲飛は、数樽を除いて卸先が決まっています。上灘の蔵元でも品は払底し、今回最後の百樽が送られてきます。その引き取り先も、あらかた決まっています。加えて、昨日の野分で、荷船が破船した虞《おそれ》もあります。献上のための品揃《しなぞろ》えは、厳しいと思います」

ありのままを伝えた。

稲飛の販売は、市郎兵衛がしている。売れる酒だから、求められるままに卸していた。

調えられる数を考えれば、稲飛を献上の酒にはできない。祝いの酒にふさわしいかどうかとは、別の話だ。

「福泉はどうか」

巳之助は桑造に顔を向けた。

桑造は、問いかけられるのを待っていた。番頭に一番近い手代として、品の売れ行きには目を光らせている。灘桜や稲飛の在庫が、払底していることも分かっているはずだった。

お丹や市郎兵衛のご機嫌取りはするが、商才のない者ではなかった。

「福泉は香り高い酒ではありませんが、こくがあり甘味や酸味、嫌味のない苦みとふくよかな味わいがあります。婚礼の贅沢《ぜいたく》な酒肴《しゅこう》の膳にも合う酒です」

売りたいという、熱意をこめて話した。

仕入れた直後、福泉は順調な売れ行きを見せたが、後から仕入れた稲飛に抜かれた。将軍家への献上品という箔《はく》をつけて、勢いをつけたいに違いなかった。

武蔵屋では表向き誰も認めないが、稲飛は卯吉が仕入れ販売の基礎を作った酒であることは誰もが知っている。卯吉に敵対心を持つ桑造にしてみれば、この機会に稲飛を抜きたいと考えただろう。

「在庫はどうだね」

「充分です。献上された後で、さらに売ることができます」

お丹の問いかけに、桑造は胸を張った。

好みの違いはあるにしても、福泉は下り酒としての質が劣る品ではないと卯吉も考えている。追加の注文をしてくる小売りもあった。

「他に、あるかね」

市郎兵衛が、念を押すように言った。けれども声を上げる者はなかった。充分な在庫があるならば、卯吉は稲飛を推したいが、それはできない。

「ならば、うちでは福泉を推すことにしよう」

お丹が言うと、一同は頷いた。

「ありがとうございます」

桑造は、湧《わ》きあがる喜びを抑える顔で頭を下げた。そしてちらと、卯吉に一瞥を寄こした。「どうだ」と言わんばかりの目だった。

献上が決まれば、人々の福泉を見る目が変わる。

話が済むと、お丹は奥に下がった。そして市郎兵衛もいったん部屋に戻ったが、すぐにそわそわした様子で店に現れた。

「出かけてきますよ」

今日も夜遊びに向かうらしかった。

武蔵屋の商いは、灘桜や稲飛の販売でわずかだが上向いてきた。今こそ気を引き締めなくてはならないところだが、市郎兵衛にはそれができない。乙兵衛も巳之助も、意見をすることができなかった。

商いの快復は、自分の采配《さいはい》のせいだと考えている。だから大手を振って、という気持ちになっているようだ。

大番頭の吉之助がいれば、たとえ主人でも勝手はさせない。しかし二年前に亡くなって意見をできる者がいなくなり、武蔵屋はおかしくなった。

店の片付けが済むと、夕食になる。奉公人の食事について、指図をするのは市郎兵衛の女房小菊だった。

「そんな運び方をしたら、汁をこぼしますよ」

鍋を運ぶ小僧に注意をする。お丹の物言いはきついが、小菊はそうではない。ときには小僧の繕《つくろ》い物《もの》をしてやることもある。日頃は目立たないが、手代や小僧は、小菊に声をかけられることで、ほっとする折があるらしかった。

それは卯吉も変わらない。一人仕事で遅くなって、お櫃《ひつ》に飯がなくなっていることがあった。すきっ腹で寝ようと覚悟をしたとき、握り飯を出してくれたのが小菊だった。あれは忘れない。

亭主の市郎兵衛は、今日も夜遊びに出かけた。泊って来る日も少なくない。小菊にしてみれば面白くないはずだが、苦情を口にしている気配はなかった。

お丹は、市郎兵衛の夜遊びをたしなめない。許している気配さえあるが、そういうことを小菊はどう思っているのか、卯吉には見当もつかなかった。

小菊は老舗の下り酒問屋坂口屋吉右衛門の養女として、武蔵屋へ嫁いできた。もとは深川の小売り酒屋の娘で、仕入れ先である坂口屋へ手伝いに来ていて、市郎兵衛に見初《みそ》められた。腹に子ができた頃には、市郎兵衛は小菊に飽《あ》きていたが、吉右衛門は勝手を許さなかった。

昵懇だった先代市郎兵衛と相談して、坂口屋から武蔵屋へ正式に嫁がせた。

「私の目が黒いうちは、小菊に理不尽な真似《まね》はさせません」

吉右衛門はそう言っている。

坂口屋は下り酒屋仲間では五指に入る店だし、吉右衛門は株仲間の肝煎《きもい》りをしている重鎮だから無視することはお丹でもできない。また間に生まれたおたえは、市郎兵衛の子であるのは間違いないから、お丹は可愛がった。

小菊が生まれた家は、すでに兄の代になっている。小菊は生家にも坂口屋にも居場所はない。

「自分と同じだな」

と感じる折があって、卯吉は小菊のことが気になるようになった。武蔵屋にいるしかない。武蔵屋を出てしまったら、何者でもなくなってしまう。そういう己《おのれ》の身の上と小菊の身の上を、重ね合わせて考えたのである。

四

ようやく売り先が決まった宮錦十樽を、卯吉は小僧を使って荷車に積んだ。神田《かんだ》の馴染みの小売り酒屋に、頼み込んだのである。

小僧に運ばせるだけでもよかったが、旦那と番頭に挨拶《あいさつ》をするつもりで、卯吉も同道することにした。これで終わりの客ではないから、礼儀は尽くさなくてはならない。

荷車は小僧が引き、卯吉が横にいてついてゆく。

新川の水面《みなも》では、酒樽を積んだ平底船が艪《ろ》の音を立てている。土手に、釣船草《つりぶねそう》が赤紫の花を咲かせているのが見えた。

「こんにちは、いいお天気ですね」

店先で番頭や手代と顔を合わせると、挨拶の声を交わす。荷運びが始まって、朝の新川河岸はどこか忙《せわ》しない。

酒樽を積んだ荷車が、他にも行き来していた。

「おや」

河岸の道を、次郎兵衛が歩いて来る。途中で出会う主人や番頭には、愛想よく挨拶をしていた。しかし卯吉とすれ違うときには、無視をしていた。

「おはようございます」

卯吉は声をかけるが、一瞥もなかった。しかしいつものことだから気にしない。妾《しょう》腹《ふく》三男の弟を、市郎兵衛と次郎兵衛は憎んでいる。お丹と共に、武蔵屋から追い出したいと図っていた。

夏に悪いやつに騙されて、高額の借金を背負わされそうになった。それを救ったのは卯吉や丑松の尽力だが、その話題が出ると、己の力で乗り切ったような言い方をした。

傲岸《ごうがん》で自尊心の強い質《たち》だ。兄の市郎兵衛とよく似ている。

次郎兵衛が向かう先は、武蔵屋の本家しかない。お丹のところへ、資金の無心に行くものと思われた。

追い詰められても、自力で何とかしようとは思わない。すぐにお丹に頼る。あるいは番頭の竹之助《たけのすけ》や手代の丑松に押し付ける。

丑松が嫌気をさす気持ちは、分からなくもなかった。

「灘桜や稲飛の新入荷があったら、入れてもらいますよ」

宮錦を仕入れた店の番頭は言った。それがあるから、仕入れたのである。

「分かっていますよ」

この約定《やくじょう》は、何があっても守らなくてはならないと思いながら、卯吉は返答をした。

荷運びが済むと、荷車と小僧は店に帰らせる。卯吉は一人になって、顧客廻りをする。新しい店にも、顔を出すつもりだ。

宮錦を売るためには、歩かなくてはいけない。関わりのなかった店の敷居も、跨《また》がなくてはならなかった。

「おい、卯吉」

馬喰町《ばくろちょう》の通りを歩いているところで、いきなり声掛けをされた。知り合いのいる町ではないので、何者だと思って振り返った。

「なあんだ、寅吉《とらきち》か」

同い年の幼馴染みで、霊岸島で岡っ引きをしている。一年前に父親が亡くなって、跡を継いで房のない十手を腰に差すようになった。まだ新米なので、町の者には軽く見られがちだが、精いっぱいやっていた。卯吉はこれまで、あれこれ助けてもらっている。

「なあんだ、とは無礼なやつだな」

不満そうな顔を、寅吉はした。とはいえ、腹を立てたわけではない。外神田に用事があって、出かけた帰り道だと言った。そして気になるらしいことを、話題にした。

「今津屋の、西宮からの樽廻船だがな、まだ行方が知れないらしい」

さすがに早耳ではあった。

何か分かれば、今津屋から知らせがあるはずだった。まだ連絡が取れていないということになる。

「坂口屋は、相当な量の酒を積んでいるから、気になるところだろうな」

「いや、武蔵屋も稲飛百樽を積んでいる。他人ごとではない」

と言い返した。歩きながら、稲飛の売れ行きについて話をした。

そしてまったく違う話を、寅吉は持ち出した。

「市郎兵衛のやつ、女を囲っているらしいぞ。ここのところ、夜に出かけることが多くなっていないか」

「ああ、そういえば。でも行先は、吉原《よしわら》では」

てっきりそうだと思っていた。前に、使いに出されたことがある。

「いや、違う。見かけたという者から聞いたんだ。神田松枝町《まつがえちょう》のしもた屋で、その家には器量のいい十八、九くらいの女が、女中を雇って暮らしている」

「松枝町か」

少しどきりとした。思い当たるふしがあるからだ。

吉之助が亡くなった二年前には、武蔵屋は十数軒の家作を持っていた。しかし資金繰りが苦しくなって、一軒一軒手放すことで金を作り帳尻を合わせてきた。そして今では、たった三軒になっている。

その内の一つが、松枝町にあった。

三軒の家作は、お丹が管理している。もしそこに女を住まわせているならば、お丹も知っている話となる。

「まさか」

いくら小菊との仲が冷えているとはいっても、市郎兵衛が女を囲うのを、お丹が手助けするとは思えない。

「いや。あの女ならば、やりかねないぜ。馬鹿息子二人には、甘いからな。まあ、だからあんなふうになったわけだろうが」

寅吉は冷ややかに言った。

「酷《ひど》いことをするな」

小菊の顔を頭に浮かべながら、卯吉は呟いた。稲飛の販売を取り上げられたときよりも、不満や怒りがあった。

「でも、確かめてはいないわけだな」

念を押した。囲っている家が、武蔵屋の家作かどうかも分からない。

「それはそうだ。ならば行って、確かめてみるか。そうは手間取らないぞ」

神田松枝町ならば、今いる場所からは目と鼻の先だ。寅吉は、どこか面白がっている。

「ああ、行ってみよう」

卯吉にしてみれば、捨て置けない気持ちだ。

敷地は百坪足らずで、古家が建っている。しかし手入れはきちんとしているから、見ようによっては風格のある住まいだと感じる。見越しの松の、枝ぶりもいい。

この家には、卯吉も前に来たことがあった。

　外から見る限りでは、どのような者が住んでいるのか見当もつかない。そこで町の自身番へ行って、寅吉が尋ねた。腰に差しこんだ十手に手を触れさせながらだ。

「住んでいるのは、おゆみという者です。歳は十九で、使っている女中と二人で暮らしています」

　初老の書役《かきやく》が答えた。越してきたのは、一月《ひとつき》半くらい前だそうな。前は浅草寺《せんそうじ》門前の小料理屋で働いていたそうな。

「旦那は、どうした」

「えへへへ。まあ、通ってくるようで」

　書役は、おゆみが囲われ者だと告げていた。

「家主の、武蔵屋の主人だな」

　寅吉が迫ると、書役は言葉を濁した。口止めをされていたのかもしれない。しかし否定はしなかったので、確かだと思われた。

　卯吉と寅吉は、顔を見合わせた。

　それでもう一度、住まいの前に行った。敷地は垣根に囲まれている。庭とおぼしいあたりへ行って、枝を掻《か》き分けた。

「おおっ、いるぞ」

寅吉が囁《ささや》いた。卯吉も覗《のぞ》いた。器量のいい若い女が、縁側で腰を下ろしていた。あれがおゆみだと思われた。女中らしい十四、五の娘に何か言っていた。

「はて」

卯吉は、女の腹に目をやった。遠くから見ただけでは分かりにくいが、大きめに見えた。寅吉は、そうかもしれないが分からないと言った。

そこで斜め前にある青物屋の女房に尋ねた。四十くらいの浅黒い顔をした、鼻の穴の膨《ふく》らんだ女である。

「あの人は、間違いなくお腹に赤子がいます。それであういう身の上になったんじゃないですか」

どこかに軽んじるふうと羨《うらや》む気配を含ませて、問いかけに応じた。

「小菊さんは、どうなるのだろうか」

青物屋から離れたところで、卯吉は口に出した。真っ先に気になったのはこれだ。お丹は、妊娠を知って、家作を使わせることを承知したのだと察せられた。

「あの人は本妻だからな。後ろには坂口屋もいる。追い出されることはないだろう」

寅吉はさらに続けた。

「市郎兵衛は、女にはじきに飽きる。その後は、金で片をつけるのではないか」

小菊のことがあるから、そう口にしたのかもしれない。ただ卯吉が気にしたのは、居場所ということだけではなかった。おゆみの素性は分からないが、吉原通いをするのと、市井《しせい》にいる女に子を孕《はら》ませるのとでは事情が違う。

話を耳にしたときの、小菊の心情を慮《おもんぱか》ったのである。

取り乱すことはないにしても、心にできる傷は深いだろう。あるいはそんな男と、すべて割り切って過ごしてゆくのだろうか。

そのあたりは、見当もつかない。

また卯吉も妾腹だから、おゆみなる女はともかく、腹の赤子についてはこれからが気になった。生まれてくる子に罪はない。

さらに寅吉が、思いがけないことを口にした。

「ただな、生まれる子が男だと厄介《やっかい》だぞ」

これを聞いて、卯吉はどきりとした。市郎兵衛と小菊の間に、次の子ができる可能性は限りなく低い。となるとおゆみが生んだ男子を、お丹はそのままにしない。

武蔵屋に入れるとなると、小菊の立場は微妙になる。

五

穏やかならざる気持ちで、卯吉は霊岸島へ戻った。小売り酒屋を二軒廻ったが、気合いが入らず商いにはならなかった。

重い足で新川河岸の道を歩いていると、またしても「おい」と声掛けをされた。今度は野太い声だ。誰の声かは、顔を見なくても分かった。

白い狩衣《かりぎぬ》に黒烏帽子《くろえぼし》、祭壇《さいだん》を背負った中年の祈禱師《きとうし》茂助《もすけ》だった。

「ああ、叔父《おじ》さん。江戸へ戻って来たのですね」

卯吉はどこかほっとした気持ちになって、歩み寄った。茂助は亡くなった母おるいの弟で、卯吉とは叔父甥《おい》の間柄である。諸国流浪の祈禱師だが、ふらりと江戸に戻ってきた。

たった一人の血縁の者だから、幼少の折から可愛がってもらった。事があるときには、助けてももらった。

卯吉を支えてくれる、数少ない者の内の一人といっていい。

棒術の達人で、江戸にいる間は指導を受けた。お陰で卯吉は、棒さえ手にすれば侍と対峙《たいじ》しても引けを取らない腕前になった。今でも早朝の一人稽古《げいこ》は欠かさない。

「しけた面《つら》をしているではないか」

とやられた。

「いや、任された宮錦という酒が売れなくて難渋《なんじゆう》しています」

「おまえは、稲飛を売っていたのではないのか」

と問われて、今は市郎兵衛が売っていることを伝えた。小菊については、茂助には話しにくい。

「お丹は、相変わらず先を見通した商いと、人使いができないわけだな」

茂助は言った。しかしそれは今分かったわけではなく、関心事は他にあるらしかった。

「わしは昨日、神奈川宿《かながわしゆく》で祈禱をしていたが、生麦村《なまむぎ》の沖で、千石の樽廻船が座礁《ざしよう》しているという話を耳にした。そこで行ってみたのだが、今津屋の淡路丸《あわじまる》だと分かった。船体に傷もあり、修復をしなくてはならぬらしい」

「さ、さようで」

声が上ずった。稲飛を積んで江戸に入る船だからだ。荷は無事だが、船はすぐには動けない。

「今津屋は、武蔵屋が仕入れる酒を運ぶ船問屋だからな。おまえに知らせようと、急いで来たわけだ」

「助かります。稲飛百樽を積んでいます」

稲飛が人気酒になり、今は品薄になっていることを話した。また船には、他の問屋の荷も積んでいる。多くは、早い入荷を待っているはずだと付け加えた。

「今津屋としては、そのままにはできまい。代わりの船を出すのではないか」

「当然そうなると思います」

積まれた荷は、別の船で江戸へ運ばれる。

「そこでだが、捨て置けない話を耳にした」

茂助は顔を曇らせた。確かに座礁をしただけでは、急いで江戸へ戻って来るほどのものではない。

卯吉は息を呑《の》んで、次の言葉を待った。

「わしが泊っていた旅籠《はたご》の部屋でのことだがな、その淡路丸について話をしている者があった」

旅を日々の住みかとする茂助は、宿場では安い一膳飯屋や旅籠しか利用しない。金持ちからは高い祈禱料を取るが、貧しい者には芋《いも》一本でも真心をこめる。

使う旅籠は、もちろん相部屋《あい》だ。相部屋には、様々な商いの者や百姓が泊る。得体の知れない破落戸《ごろつき》のような者もいるそうな。

「そこでな、座礁した淡路丸について話をしている者がおった」

旅人に難癖《なんくせ》をつけ、強請《ゆすり》やたかりをして暮らしを立てているような者たちである。金がなければ、野宿も厭《いと》わない手合いだ。

「はっきりした話は聞き取れなかったが、あいつら何かあの船に企《たくら》みをしているな」

「何をですか」

「破落戸どもを、酒を持って誘いに来たのは、土地の地回りだ。それも親分ではなく、貸元の家に居座っているやつだな。儲《もう》け仕事があったら、何でもやって、終わったら逃げ出そうという輩《やから》だ」

「質《たち》が悪そうですね」

「やつらの話の中で、淡路丸や酒樽という言葉があった」

「座礁して身動きできない間に、奪おうという腹でしょうか」

「荒くれ者の漁師が組んで、船を出すとなれば、できないことではないぞ。やつらは、その日暮らしの怖いもの知らずだ。金になると思えば、何でもするだろう。侮《あなど》ってはならぬ」

茂助が的外れなことを口にするとは考えなかった。

「今津屋の東三郎さんに、今の話を伝えましょう」

卯吉と茂助は、新堀川北河岸の今津屋を訪ねた。店には顔を知っている船頭何人かがいて、ざわついた気配だった。

今津屋にも、少し前に淡路丸座礁の話が入ったところだと、その中の一人が知らせてくれた。

東三郎と面談をした。茂助がかの地で聞いた話を伝えた。

「なるほど。厄介なやつらですね」

話を聞いた東三郎は、顔を曇らせた。品川沖で問屋に品を手渡すまでは、今津屋は知らんぷりできない。賊に奪われましたでは、店の信用に差しさわりが出る。

やや思案したところで、東三郎は口を開いた。

「いずれにしても、荷はそのままにはできませんので、こちらから船を仕立てて引き取る段取りを始めていました。明朝にも、出せるようにするつもりです」

「うむ。それがよかろう」

茂助が言った。船の段取りは、店の番頭とお結衣がかかっているという。

「ですがそのような胡乱《うろん》な話があるとなれば、それなりの備えがなくてはなりませんね」

襲ってくる人数は分からない。二人や三人でないのは明らかだから、それなりの支度が必要だ。

「力自慢の人足を集めましょう。私も同道いたします」

そこへ坂口屋の吉右衛門と手代の尚吉が、姿を現した。知らせを受けて駆けつけて来たのである。

淡路丸に積まれた灘剣五百樽は、坂口屋の大事な品だ。販売を受け持っているのは尚吉だが、吉右衛門も連れ添って来たのだった。

吉右衛門は仕事を若手に任せるが、ほったらかしにして結果だけを求める者ではなかった。若い者を育てようとしている。事が起こったときには、解決のための後押しをする。

卯吉には、羨ましい存在だった。

武蔵屋にも知らせが行っているはずだが、市郎兵衛も乙兵衛も姿を見せない。仕入れは卯吉と決めているから、対応させるつもりに違いなかった。

東三郎は、ここまで分かっていることを伝えた。茂助が聞き込んだ話にも触れている。

「分かりました。うちからは尚吉をやりましょう」

話を聞いた吉右衛門は、そう言った。人任せではなく、坂口屋としても酒を守ろうという気持ちらしかった。灘からの酒は、一樽でも貴重だ。売り先が決まっていたら、確実に卸すのが問屋の役目だ。

吉右衛門の申し出に、尚吉は気迫のこもった顔で頷いた。

「私も迎えの船に、同乗します。稲飛がありますから、そのままにはできません」

卯吉も言った。その百樽は、武蔵屋にとっても掛け替えのない酒だ。船賃と補償の金が戻されて終わりでは済まない。

「では、わしも乗るぞ」

茂助が言った。卯吉には力強い言葉だった。

卯吉は武蔵屋に戻って、お丹と市郎兵衛、そして乙兵衛に今津屋での状況をすべて伝えた。

「わざわざおまえが、行くこともあるまい。預かった船問屋が、責を負えばよいことだ」

市郎兵衛は、そう応じた。

「しかし、坂口屋さんでは尚吉さんをやります」

そう伝えると、表情が少し変わった。小菊は坂口屋の養女として、武蔵屋へ嫁いできた。おゆみという女の姿が、ちらと卯吉の頭に浮かんだ。

「いいじゃないか。行っておいで。稲飛は、何としても欲しい酒だからね」

お丹が言った。坂口屋の名を出したことが効いている。市郎兵衛は、そっぽを向いていた。


翌朝、東三郎が仕立てた大小の荷船七艘が、新堀川を出航した。千石積みの淡路丸の荷を、生麦沖から江戸まで運ぶのである。

千石船で遊んでいる船はないから、当然の対応だった。話を聞いて翌朝には船を出せるのは、東三郎の力と言わねばならない。荷運びの人足も、素性の知れた者を吟味した。

「気をつけて」

お結衣が卯吉に声をかけてきた。

「悪いやつらには、指一本触れさせはしませんよ」

卯吉はそう答えて、船に乗り込んだ。

空は曇天で、多少波がある。しかし航行に問題はなかった。

卯吉と茂助、そして尚吉の三人は同じ船の船端《ふなばた》にいて、向かう先に目をやった。左手にあった佃島《つくだじま》が、瞬《また》く間に見えなくなった。

曇天でも、白い海鳥が空を飛んでいる。

「わしは、灘へ行った帰りだった。酒のことが気になったからな」

茂助が言った。もちろん卯吉のことがあるから足を向けたのだが、それだけではない。茂助は、呑兵衛《のんべえ》である。諸国を廻って、土地の酒を嗜《たしな》む。その話を聞くのを、卯吉は楽しみにしていた。

「灘剣は、良い酒だ。上方では、人気の酒になっているぞ。飲んでみたが、なかなかの味わいであった」

「さようですか。そりゃあ何よりです」

尚吉は相好《そうごう》を崩した。受け持って売っている酒を褒《ほ》められるのは嬉《うれ》しい。

「品薄にはならないのか」

だからこそ、尚吉を生麦沖へやる。そう踏まえての問いかけた。

「試しの酒が送られてきたときに、旦那《だんな》さんや番頭さん、私たちで味見をしました。行けると話がまとまったところで、大口の仕入れを入れました。淡路丸が運んでくるのは、その一部です」

「先見の明がある商いだぞ」

茂助は褒めた。

武蔵屋では、市郎兵衛が煽てられて勝手に宮錦の大量仕入れを行った。他の者の意見を聞けば、仕入れるにしてももう少し少量になった可能性があった。

お丹も市郎兵衛も、自分が決めたことにこだわりを持っている。人の意見を聞かない。そこが坂口屋と違った。

坂口屋は順調な商いをして、尚吉のように若手も育っている。卯吉にしてみれば、羨ましい限りだ。

六

七艘の船団は、東三郎が乗った百二十石船を先頭に、ついたり離れたりしながら、品川沖を過ぎて生麦沖に向かった。空模様が、徐々に怪しくなった。空を覆《おお》う雲が、鉛色になった。風も強くなって、船も揺れた。

「大丈夫か」

「ええ。このくらいならば、何とかなりますぜ」

茂助の問いかけに、船頭が応じた。卯吉には不安もあったが、船頭が慌《あわ》てる気配を見せなかったので、荷の積み替えくらいはできるだろうと考えていた。座礁した船に、いつまでも荷をそのままにはしておきたくないとは誰しもが思う。

空は今にも降り出しそうだが、まだ雨は降らない。風があるだけだった。

「ああ、あれが淡路丸だな」

「襲われた気配はない。無事なようだ」

生麦沖に船が着くと、尚吉と卯吉が声を上げた。帆柱《ほばしら》は傾けられていても、大きな船体は目についた。微《かす》かに船体が斜めになっているのが分かった。七艘の船団は、千石船の傍に寄った。

浅瀬とはいっても、迎えに行った荷船には問題のない深さだった。

淡路丸の船頭が出てきて、東三郎に状況を説明した。荷はすべて無事だと告げられて、卯吉も尚吉も胸を撫《な》で下ろした。

「すぐに、荷を積み替えるぞ」

「おうっ」

東三郎の掛け声に、人足たちが応じた。天気だけが気になるが、夕暮れどきにはまだ間があった。

「まずは灘剣からだ」

人足だけでなく、淡路丸の水手《かこ》、尚吉や卯吉も加わった。けれどもここで、ぽつりぽつりと、空から落ちてきた。

「気をつけろ。足や手を滑らせるな」

と東三郎が注意した。船体も風で揺れている。樽は濡れてもかまわないが、雨になると滑りやすくなる。海に落としては商品にならない。

渡した板の上を、一歩一歩、足を踏みしめて運んだ。

灘剣五百樽を、どうにか二艘に分けて積み終えた。次は稲飛で、これは迎えに行った中で一番小さな船に載せる。百樽を積めば、満杯になる大きさだ。

積んでいる途中で、雨風が強くなった。

「こりゃあ、新たな嵐になるかもしれねえぞ」

人足の一人が言った。なるほどと頷ける雲行きだった。板は滑りやすくなっている。卯吉は慎重に稲飛の樽を運んだ。売り先も決まった大事な品だ。さらなる仕入れはできない。

「ああっ」

人足の中には、滑り落としそうになった者もいた。運よく傍に人がいて、支えることができた。

卯吉は、周辺に目を凝《こ》らした。悪天候を押して、襲ってくる者はいなかった。百樽の稲飛を移し終えたところで、風雨はさらに激しくなった。暗くなって、足元が見づらくなっている。

「今日は、ここまでにしよう」

東三郎の言葉に、一同は頷いた。皆、一樽でも無駄にはできないと考えている。

その夜、卯吉と茂助は、稲飛を積んだ船の船庫で眠ることにした。すでに荷は移してあっても、出航はできない。尚吉は、灘剣を積んだ船で寝る。船と船を艫綱《ともづな》で結び、転覆《てんぷく》を防ぐ態勢を整えた。襲撃の虞があるわけだから、何があっても船を空にすることは考えなかった。

単独の船ならば揺れが激しいはずだが、繋げられているので、予想よりも衝撃は少なかった。風雨は、夜が更《ふ》けるにつれて徐々に収まっていった。

「明日の朝には、無事に生麦沖を出られそうですね」

ほっとした卯吉は、そう茂助に告げた。いつの間にか、眠りに落ちた。

どれほど眠ったか、それは分からない。闇の向こうから艪の音を聞いた気がして、目を覚ました。揺れはだいぶ収まっている。

胸騒ぎがした卯吉は、上半身を起こした。すると隣で寝ていた茂助も目を覚ました。同じように、異変を感じたらしかった。

互いに耳を澄ます。

明らかに、艪の音は近づいてきていた。その音は、灘剣を積んだ船の傍《そば》で止まった。

「来たぞ」

言い終わらないうちに、茂助は立ち上がっていた。長い錫杖《しやくじよう》を手にしている。卯吉もこれに続いた。こうなることを予測して、樫《かし》の棒を用意していた。棒術の稽古に使っているものだ。

二人は船庫から甲板《かんぱん》に出た。嵐が去って、月が出ている。その淡い明かりが、灘剣を積んだ船に黒い影が乗り移る姿を照らしていた。手に手に、長脇差《ながわきざし》や匕首《あいくち》、棍棒《こんぼう》のような得物を手にしている。

ざっと見て、十人ほどの数だった。収まったとはいえ、波はまだ荒い。

「わあっ」

船から、絶叫が上がった。賊の襲撃に気づいた尚吉の声だった。

「行くぞ」

「はい」

茂助と卯吉も、灘剣が積まれた船に飛び移った。艫綱できっちりと繋がれているので、飛び移るのに手間はかからなかった。

「このやろ」

するとさっそく、長脇差を手にした男が躍《おど》りかかってきた。こちらがまだ、足場を固めきれないうちである。

長脇差の刀身が、闇を斬り裂いて肩先へ迫ってきていた。

「なんのっ」

体の均衡は取れていないが、卯吉は棒を振るって相手の刀身を跳ね上げた。勢いがついて体が海へ飛ばされそうになったが、酒樽にしがみ付いた。

しかしそれは、短い間だけだ。

棒を握り直す。まだ体勢を調えられていない相手の胸に突き込んだ。

こちらの棒の先は、賊の胸を突いていた。置かれた酒樽に邪魔されて、相手は逃げきれない。

「わあっ」

賊の体は、船の外にすっ飛んだ。手にあった長脇差を握ったまま、黒い波の中に呑まれていった。

その様を、卯吉は見詰めてはいない。賊の一人が、樽にかけられた縄を切ろうとしていて、これに襲いかかった。

縄を切る賊の手の甲を、力任せに打った。

ぐしゃりと、骨が折れた感触が棒の先から伝わってきた。

茂助や尚吉らも、それぞれ賊を相手にして酒樽を守ろうとしている。

「ひいっ」

茂助の錫杖の動きは素早い。ちらと目をやった間だけで、賊の一人を船端に転がしていた。

ただ人数では相手の方が圧倒している。しかも荷の置かれた狭い甲板で争っているから、長い錫杖を縦横に揮《ふる》うことができない。

その分だけ動きが鈍るのは否めなかった。

そしてこのとき、卯吉は予想外の光景を目にした。稲飛を積んだ小型の船にも賊の船が寄って、黒い影が乗り込んでいるのだった。茂助も卯吉も助っ人に出ているから、手薄になっている。

賊の一人が、前に出た船頭の胸に長脇差の切っ先を突きつけた。あっという間の動きだった。さらに他の賊が、繋いでいる艫綱を匕首で截《た》ち切ろうとしていた。

船ごと酒を奪おうという算段だ。

「くそっ」

そうはさせない。すぐにも戻ろうと体を動かした。けれどもそこへ、こちらの船の賊が躍りかかってきた。

「やっ」

棒を思い切り振って、相手に身を引かせた。そして稲飛を積んだ船に近い、船端へ寄った。

背後のことは考えずに、隣の船に飛び移った。

ちょうどそのとき、船同士を繋ぐ綱が截《た》ち切られたところだった。飛び移った荷船は、その勢いで激しく左右に揺れた。そして沈み、ふっと浮き上がる。折しも、高い波が船を襲った。

「ああっ」

船は満載の酒樽を積んでいる。船は横転寸前の傾きになっていた。体を寄せて、船の均衡を保たせたいが、それができない。

かえって揺れた。

そしてとうとう、樽を抑えていた縄の一つが外れた。それで傾きが、さらに大きくなった。乗っている卯吉も、他の者たちも、近くにあるものにしがみ付くしかなかった。

しかしその一瞬の後、再び高い波にみまわれた。

「わっ」

手が、握っていた船端から離れた。卯吉の体は、横転する船から振り落とされていた。同時に酒樽も、海面に落ちてゆく。

水に落ちる直前に息を吸って貯めていたので、海水を飲まずに済んだ。水練には長《た》けているから、溺《おぼ》れはしなかった。手にしていた棒は手放している。

揺れる海面から、卯吉は顔を上げた。すぐに周囲に目をやる。このときには、船上で松明《たいまつ》が焚《た》かれていた。海上がよく見えた。

「これは」

息を呑んだ。稲飛を積んだ船は横転して、船底を見せていた。全身の血が、一瞬にして凍った。手足が硬直して、初めて溺れそうになった。

卯吉のもとに、縄が投げられた。寄こしたのは茂助だった。それを摑《つか》むと、灘剣を積んだ船に引き上げられた。

「こちらの荷は、無事だったぞ」

茂助が神妙な顔で言った。数人の賊を捕らえていたが、他の者は海に身を投げたり乗ってきた船に移ったりして、この場から逃げ出していた。

「い、稲飛は、水底に」

卯吉はかろうじて声に出した。膝《ひざ》ががくがくと震えている。一樽も、残らない。呆《ぼう》然《ぜん》とした。


翌朝、稲飛だけがない状態で、淡路丸の荷は新川河岸へ運ばれた。卯吉は、手ぶらで武蔵屋へ戻らなくてはならなかった。

どれほど敷居は高くても、あったことを伝えなくてはならなかった。とはいえ、すでに先触れが、店に伝えられているはずだった。

店に入ると、鬼のような形相《ぎようそう》のお丹と市郎兵衛、そして乙兵衛と巳之助が卯吉を待ち受けていた。

「とんでもないことになりました」

卯吉はそう言って頭を下げた。下げたままの状態で、詳細を伝えた。

「こういうことがないように、ということで、おまえが付いて行ったのではなかったのか。何という不始末だ」

「まったく、役立たずだねえ。人気の、最後の酒じゃあないか。おまえみたいな穀潰《ごくつぶ》しは、うちにはいらないよ」

市郎兵衛とお丹が続けた。お丹には怒りだけでなく、妾腹の三男に対する恨みもこもっているようだ。また儲けそこなったのは、間違いない。

店を出されることは、覚悟の内だった。これ幸いと追い出すだろう。父や吉之助の命《めい》を守れないことが、無念だった。乙兵衛と巳之助は、何も言わない。

そこへ二人の来客があった。東三郎と坂口屋吉右衛門だった。

「卯吉さんは、灘剣を守ろうとして船を移りました。誰よりも果敢に動きましたよ。そして稲飛を守るために揺れる船に移り、自らも水に落ちました。あれは誰であっても、どうすることもできませんでした」

東三郎は、そう言った。

「お陰で、灘剣は守られました。うちにとっては、卯吉さんは恩人です」

吉右衛門は、尚吉からも詳細を聞いているらしかった。

「稲飛の代は、今津屋と坂口屋が払います。船の横転は、今津屋の不徳で、卯吉さんのせいではありません。そこをお含みいただきたいと思います」

「さよう。場合によっては、海に身を呑まれるところだった。それでも酒を守ろうとした者を追い出しては、武蔵屋は料簡《りようけん》が狭いと言われるでしょう」

吉右衛門が告げると、お丹と市郎兵衛は苦々しい顔になった。

東三郎と吉右衛門のお陰で、卯吉は武蔵屋に残ることになった。

七

何であれ武蔵屋には、仕入れるはずだった稲飛百樽が入らなくなった。入荷を心待ちにしていた小売りは少なくない。その中には、初めは無理して置いてもらった店もある。

各小売りへの対応は、卯吉に押し付けられた。

「おまえが傍にいながら、こうなったわけだからな」

「今津屋と坂口屋が代を払ったといったって、それで済むもんじゃあないよ。顧客とは品を手渡したとき初めて、商いが成り立つんだから」

市郎兵衛が言い、お丹が付け足す。言い方は冷ややかだ。特に間違ってはいないお丹の言葉が、卯吉の胸に刺さった。

せっかく訪れた追い出す機会を失った。胸の内には、その苛立《いらだ》ちもあるのかもしれなかった。

「たいへんですね」

食事が済んで箱膳を片付けているとき、傍に寄ってきた小菊が言ってくれた。傍にいた幼いおたえが、何か差し出している。見ると飴玉《あめだま》だった。

「あーん」

と言われて、しゃがんで口を広げた。すると飴玉を口に入れてくれた。

嘗《な》めていると、口中に甘さが広がる。その甘さが、総身に沁《し》みた。

「ありがとう」

そう伝えると、おたえが嬉しそうな顔をした。おたえとこういう関わりをしたのは、初めてだった。

そして新御番頭山口勘兵衛の屋敷で、新御番として献上の酒を推薦するために、六人の組頭が集まる日となった。新御番の組頭は八人いるが、二人は登城をしている。

お丹と市郎兵衛は、福泉を四升の角樽《つのだる》にして麹町の山口屋敷へ持参することになっていた。卯吉は角樽の支度をしていた。

しかしその日の朝になって、鵜飼頼母のもとから知らせがあった。他の組頭が、同じ新川河岸にある細沼屋《ほそぬまや》の栄菱《さかえびし》と龍舞《りゅうまい》を出すという話である。

「どちらも、いい酒です」

乙兵衛が言った。各店が売り出す酒は、おおむね試飲している。そのあたりは酒問屋の番頭として、勤勉だといってよかった。

「ならばついでに、うちでももう一つ出そうじゃないか」

負けず嫌いのお丹が言い出した。

「そりゃあいい」

市郎兵衛が同調し、乙兵衛は意見を言わなかった。

すると店先にいた桑造が、血相を変えた。

「いや。福泉は、絶対の酒でございます」

珍しく、異を唱えた。自分が受け持って売る酒を、献上の酒にしたいと考えているからだ。何があるか分からないから、競争相手は減らしたいところだろう。

「もちろん、もう一つは添え物だ。私たちは何があったって、福泉を推すよ」

数合わせに出す酒だから、どれでもかまわないというのが市郎兵衛の考えらしかった。

「では、宮錦でいかがでしょう」

桑造が返した。これならば、負けないという考えだ。

「そうだねえ。それでいこうか」

市郎兵衛が応じた。宮錦は、もともと市郎兵衛が仕入れた酒だった。しかしお丹は、不満げな顔をした。

「稲飛にしよう」

やや間をおいて出てきたのは、この言葉だった。見栄っ張りなお丹は、宮錦では味が劣ると考えて、淡麗な稲飛を選んだのだと卯吉は察した。

「いや、それは」

お丹の命には逆らわない桑造が、珍しく逆らった。そのまま言葉を続けた。

「そもそも稲飛は、百樽が揃いません。不始末もありましたから」

ちらと卯吉に目を向け、責める口ぶりになって言った。

「だからついでに出すだけだと言ったじゃないか。酒の詳細は福泉だけ伝えることにして、おまえがすればいい」

四の五の言うなという口調で、お丹が返した。そうなると、桑造は受け入れるしかなかった。やり取りを聞いていた卯吉も、桑造と同じ考えだ。用意ができない酒を、勧める席に出すのは不誠実ではないか。

「あの」

と声をかけたが、お丹は鬼のような目を向けた。

「黙っておいで。おまえが口出しをすることじゃあないよ」

とやられた。

角樽に入れた福泉と稲飛を、小僧に持たせた。市郎兵衛と桑造、そして卯吉は山口屋敷へ向かった。

手代が同道するのは、酒の説明を求められた場合に備えてである。稲飛の説明はしないという話だったから卯吉が行く理由はないが、お丹が命じた。

桑造は、不満そうな一瞥を卯吉に向けた。一言も、声をかけてくることはない。

酒を出したのは、鶴飼から知らされた通り武蔵屋と細沼屋の二軒だった。番頭の山口と配下の六人の組頭が、試飲を行った。

開かれた襖の隣室で、二つの店の者は控えている。

つまみは塩だけだ。それでも組頭たちは、慎重な面持ちで盃《さかずき》を口に運んだ。二杯三杯と飲んだ者もいた。

そしてそれぞれの酒の説明をした。

「福泉は、上等な肴《さかな》を引き立てる酒でございます。ふくよかな旨味《うまみ》とコクがございます」

桑造は予定通り、福泉の話だけをした。末席に控えた卯吉は、それでいいと考えている。頭は下げたままだ。

勧める酒の決定は、山口や組頭が紙に酒の名を書いて文机《ふづくえ》に置く。山口を含めた七人のうち、半数の四人以上がよしとしたものを推すと決められていた。酒は四種類ある。仮に四人にならなければ、上位二種類の酒の内からもう一度名を書く。そこで多い方が、新御番が推す酒となる。

試飲が済むと、各組頭は筆を執《と》って半紙に酒の名を記した。七枚が揃ったところで、山口家の用人が、紙片を検《あらた》める。

隣室にいる二つの店の者は、固唾《かたず》を呑んで次の言葉を待った。

「福泉が三枚で稲飛が二枚、栄蓁と龍舞が一枚でございます」

それを聞いた細沼屋の主人は、ため息を漏らした。福泉と稲飛で、もう一度指名が行われる。どちらになっても、新御番が推す酒は武蔵屋のものとなる。

険しい表情になったのは桑造だ。俯《うつむ》いているし、相手にもされていないが、卯吉にはその表情がよく見えた。

ここで市郎兵衛が、声を発した。

「上位の二銘柄は、武蔵屋の酒でございます。一番になった福泉でお決めいただきたく存じます」

「何とぞ」

桑造が続けた。

組頭たちは、顔を見合わせた。どちらでもいいという表情の者もいたが、問いかけをしてきた組頭がいた。

「先ほどは稲飛についての説明がなかった。いたすがよい」

命じられれば、断るわけにはいかない。卯吉が説明することになる。

「手加減しろ」

市郎兵衛が、耳元で囁《ささや》いた。褒めるなという意味だと解釈した。その意図は分かるが、何も言わないわけにはいかない。そこで精米の話をした。

「精米を人力で行う伊丹《いたみ》や池田《いけだ》の酒は、その割合は九割ほどでございます。しかし六甲の水に恵まれた灘では、七割まで水車によって精米ができます。稲飛は、六割五分まで削っております」

「その分、淡麗な味わいになるわけだな」

問いかけた組頭が応じた。

「もう一度、飲んでみようぞ」

と他の組頭が言うと、「そうしよう」という話になった。

七人は、もう一度福泉と稲飛を味わった。そして紙に酒の名を記した。

「稲飛が五枚、福泉が二枚でございます」

紙片を検めた用人が言った。

「稲飛は充分な精米をすることで、淡麗さが極まった。祝いの酒は、こうでなくてはならぬ」

山口が言った。何人かの組頭が頷いた。初めに福泉と書いた者のうち、次には稲飛にした者がいたことになる。

喜ばしいが、卯吉としてはそのままにできない。

「お、お待ちくださいませ。稲飛は、在庫が……」

ないと言おうとしたところで、市郎兵衛に遮《さえぎ》られた。

「在庫は充分にございます。献上に差しさわりはございません」

市郎兵衛は、胸を張って言った。

「うむ。では新御番が推す酒は、稲飛といたそう」

山口は、満足そうな顔で告げた。

第二章　詫《わ》びる姿

一

麹町《こうじまち》の山口屋敷から、市郎兵衛と卯吉、桑造は新川河岸《しんかわがし》の武蔵屋へ戻った。市郎兵衛も桑造も、卯吉には目を向けなかった。

新御番《しんごばん》が推す酒に、福泉がなると信じていた桑造の顔には、ありありと不満が現れていた。稲飛の在庫は充分にあると、市郎兵衛は無茶を口にした。

ついでの酒が選ばれて慌《あわ》てたのかもしれないが、見栄《みえ》を張ったのだと卯吉は受け取っている。桑造もおそらく同じように考え、さらに福泉を強く推すと言っていた約束を破ったことに、不満を感じているのは明らかだった。

店の帳場では、お丹と乙兵衛が、一行の帰りを待っていた。

「どうだった」

と首尾を気にしていた。

「稲飛が選ばれました」

「そうかい」

お丹は、さして驚いたふうは見せなかった。そういうこともあるかもしれないと、予想をしていた顔だった。

山口屋敷での顚末《てんまつ》を、市郎兵衛が伝えた。

「いいじゃないか、今はそれで。もう少ししたら、在庫が揃《そろ》わないと告げればいい。二番が福泉ならば、どっちにしたってうちの酒が献上品になるんだからね」

お丹は、あっさりと言った。

「在庫があると伝えたのは、上出来じゃないか。それを言わなければ、細沼屋へ持っていかれたかもしれない」

市郎兵衛を持ちあげた。どこかに不安を抱えていた気配の市郎兵衛は、それで安堵《あんど》したらしかった。桑造も、お丹の気持ちが変わっていないことを知って、機嫌が戻った模様だった。

「武蔵屋には、献上に繋《つな》がる酒がいくつもある。そういう評判になりますよ」

　お丹は最後に付け足した。

　卯吉はこの結果を、まだ江戸にいる茂助に伝えた。ついでに、五合徳利《どっくり》に入れた福泉と宮錦を与えた。稲飛は、前に飲ませている。

　茂助は、二つの酒を交互に味わった。酒を飲んでいる時は、すべての屈託を忘れた顔になる。何度かごくりとやった後で、口を開いた。

「福泉はうまい酒だが、香りが稲飛よりも薄くてその分味が濃い。祝いの酒には、香り高い酒を選ぶ者がいてもおかしくない。充分な精米をしたと伝えたおまえの話が効いたのだろう」

　卯吉にも、納得のゆく説明だった。

「しかし稲飛を持っていかなければ、福泉が一番になったはずです。ならば稲飛を持って行く必要はありませんでした。宮錦でもよかったわけですが」

　これは卯吉の疑問だった。

　やや考えてから、茂助は口を開いた。

「宮錦は駄目《だめ》だ。今後は稲飛と福泉を中心にして売ろうと考えたのだろう。お丹も、商人としてぼんやりしているわけではないぞ」

「しかし稲飛は、在庫がないと分かっています」

「お丹は、他に取られるのを怖れたのではないか。稲飛はいい酒だ。とりあえずどちらかで一番になって、それから新御番が推す酒にしようとしたのだろう」

山口屋敷へ行くまで、他にどのような酒が出るか分からなかった。ともかく武蔵屋の酒を一番にすることを目指したというのが、茂助の推量だった。

「そういう意味では、思惑通りになったわけですね」

「まあそうだ」

茂助は福泉の方を、またごくりとやった。

「ですがもし、どうしても稲飛でなければならぬとなったら、どうするつもりでしょうか」

気になるところだ。市郎兵衛ならばいざ知らず、お丹ならばそこまで考えているはずだった。

「そうなったら、おまえに集めさせる。集められなかったら、おまえのせいにして山口家に詫びを入れる」

「それでどうなりますか」

あり得ない話ではないと感じるから、言ってみた。うんざりした気持ちにはなっている。

「福泉になれば、それでいい。ならなくても、おまえは武蔵屋の看板に泥をつけたとかなんとか言って、やめさせる」

「私を追い出す材料にするわけですね」

「そうだ。腹を据《す》えておけ」

と言われた。

さらにこの件については、大和屋勘十郎《やまとやかんじゅうろう》にも伝えておけと付け加えられた。勘十郎は父である先代市郎兵衛の実弟で、卯吉の叔父《おじ》となる。

日本橋大伝馬町《おおでんまちょう》の太物屋《ふとものや》へ婿《むこ》に入った。勘十郎はやり手で、中どころだった大和屋を界隈《かいわい》では指折りの大店《おおだな》にした。武蔵屋にとっては、無視できない人物だ。卯吉の後《うし》ろ盾《だて》になっている。

追い出したくても簡単にはできないのは、この叔父が目を光らせているからだった。

「ようこそ、卯吉さん」

大和屋の敷居を跨《また》ぐと、顔馴染《なじ》みの手代が声をかけてきた。ここでは、卯吉は武蔵屋の三男として遇される。お丹や市郎兵衛にとって勘十郎は、煙たい存在だった。小《こ》皺《じわ》の目立つ五十歳だが、いつも活気に満ちた眼差《まなざ》しを向けてくる。

卯吉は奥の部屋へ通された。

どんなに多忙でも、会って話を聞いてくれるのはありがたかった。向けてくる眼差しは精悍《せいかん》で、少し気圧《けお》される。

向かい合って座ったところで、藤堂家と蜷川《にながわ》家の祝言《しゅうげん》から、新御番が推す献上の酒が稲飛に決まるまでの詳細を伝えた。もちろん報告した折の、お丹の反応についても話した。

「お丹は実家の鵜飼家のこともあるからな、何としてでも献上の酒を武蔵屋から出そうとしているのだろう。また仮に駄目でも、おまえを追い出す口実にしようと企《たくら》んでいるわけだな」

話を聞き終えた勘十郎は、茂助と同じような意見を述べた。ただ予想をしなかったことも口にした。

「お丹は武家の出のくせに、旗本がいったん決めたことについて、甘く見ているかもしれない」

と顔を顰《しか》めさせた。何が甘いのかと、卯吉が考えているうちに勘十郎は言葉を続けた。

「一度稲飛と決めたならば、何が何でも用意をしろと告げてくるかもしれない。市郎兵衛は、用意をすると、一同の前で胸を張ったわけだからな」

「た、確かに」

それがあったから、稲飛に決まったといってよかった。

「支度《したく》ができないとなれば、福泉も納品できなくなる」

「まことで」

そこまでは考えていなかった。

「一度決めた品を用立てられない店《たな》に、納入の資格はないと考える組頭《くみがしら》もいるだろうということだ。番頭《ばんがしら》の山口様も、そう告げられたら頷《うなず》かなければなるまい。何しろ献上する先は、将軍家なのだからな」

いったんけちのついた店は、使わないという発想だ。またそうなれば、新川河岸でも評判になるだろう。

「すでに売った店から、取り返せないでしょうか。もちろん、代価は返すということで」

思いついたことを口にしてみた。

「将軍家への献上だからな。すでに仕入れた店は、嫌だとは言いにくい。だから何とかなると、お丹は軽く見ているのかもしれない」

「そう言われれば、そうですね」

勘十郎の言わんとすることが理解できた。

将軍家への献上品になるならば、箔《はく》がついて高く売れる。しかも生麦沖のことがあるから、新たな入荷は難しい。絶好の儲《もう》けどきと考えれば、たとえ在庫があっても、素直には出さないだろうという予想がつく。

卯吉にとっては、厄介《やっかい》な話だった。

「念のためだ。上灘《かみなだ》の大西酒造へ、揃うだけの稲飛を集めて、送ってもらえるように依頼の文を出してはどうか」

と告げられた。

「そうですね」

表向きはないといっても、地元ならば何とかなるかもしれない。打てる手は、何でも打っておかなくてはならない。

二

大和屋からの帰り道、卯吉は新堀川《しんぼりがわ》の北河岸にある今津屋へ行った。迎えの船が戻ったときには、人でごった返していたが、事が収まった今はひっそりとしていた。

お結衣が店番をしていた。

「まあ、卯吉さん。昨日はたいへんでしたね」

笑顔を向けて、お結衣はねぎらってくれた。それだけでも卯吉は嬉《うれ》しい。結った髪の下にちらと見えるうなじの白さが、妙に眩《まぶ》しかった。

この数日、ろくなことがなかったから、向けられた笑顔に救われた気がした。

「賊に対しては、とても果敢に立ち向かったと、おとっつぁんから聞きました。稲飛は、惜しいことになりましたが」

心遣《こころづか》いのある言い方だった。

お結衣と卯吉は、単に主人の娘と客の店の奉公人という関係ではない。お結衣は悪い男に騙《だま》されかけたが、被害に遭《あ》うのを未然に防いだのは卯吉だった。お結衣がその件を感謝しているのは、よく分かっている。

卯吉は誰にも告げていないが、今の関わり方を少し物足りないと考えていた。ただその気持ちを、どうすることもできない。呑《の》み込んで過ごすだけだ。

それが少し辛《つら》い。

お結衣は、その悪い男に心を惹《ひ》かれていた。その思いが、まだ胸の中から消えていないのだろうか。悪い男だと分かっていても、それでも惹かれる何かがある。

役者にしたいような男前だったが、お結衣が惹かれたのはそれだけではないと感じている。卯吉にはその女心が、理解できない。

その男は、すでに死罪になった。少しずつお結衣の心から消えてゆくはずだが、それにはまだしばらく、ときがかかりそうだった。

「近々、西宮《にしのみや》へ行く船はありませんか」

卯吉は、お結衣に尋ねた。これを聞くためにやって来た。大西酒造の番頭庄助《しようすけ》に、稲飛について依頼の文を送るためだ。

「それならば、明後日《あさって》の朝に出ます」

今津屋の船だ。その船頭に、文を託すことにした。

「少しでも、集まればと思いまして」

事情を伝えた。

「ええ、少しでも集まればいいですね。江戸では卯吉さんが、人気のお酒にしたわけですから」

とお結衣は、分かってくれていた。そして、思い出したように話題を変えた。

「そういえば、新たにたくさんの注文をする酒問屋がありますよ」

明後日に出る船で、注文依頼の文書を送るらしかった。野分の時期は避けたいところだが、売れ行きがよかったり、事情があったりすれば注文を行う。灘剣や稲飛などは、その口だった。

「どこの酒ですか」

酒問屋としてみれば、気になるところだ。

「銀町《しろがねちょう》の相模屋《さがみや》さんです」

「ならば花扇《はなおうぎ》ですね」

すぐにぴんときた。

相模屋は、新川河岸の南河岸にある酒問屋だ。花扇は、近頃売れ始めた酒だった。酒を扱う商人として、すでに卯吉は口に含んでいる。灘剣と共に、強敵になる酒だと思っていた。

「何でも、貴《たっと》い方に献上をするのだそうです」

相模屋の番頭から聞いたらしい。

「ほう」

気持ちに引っ掛かった。

藤堂家と蜷川家に婚礼があり、将軍家に下り酒が献上されるという話は、まだ新川河岸には広く伝わっていない。推したい酒がある組頭と、出入りの商人が知っているだけのはずだ。

したがってお結衣も、「貴い方」が誰なのかは知らなかった。

花扇が、新御番以外の大御番《おおごばん》か御書院番《ごしよいんばん》から、献上の候補として出てくるのかもしれないと予想した。

「面白い話を、聞きました」

卯吉は礼を言って、お結衣と別れた。

これは貴重な情報だ。自分にだけ、そっと知らせてくれたのだと思うと胸が騒いだ。

霊岸島へ戻った卯吉は、相模屋の前へ行ってみた。間口五間半、飛び切りの大店とはいえないが、主人平七《へいしち》の代になって、商い量を徐々に増やしてきた。平七は四十五歳で、商人としては脂の乗り切ったところだ。

花扇を売り出すとき、派手なことはしなかった。しかし着実に販路を広げている。

親しいわけではないが、店の者の顔と名は、手代以上ならば知っていた。道端で会えば、挨拶《あいさつ》もする。

小僧が、店の前で水を撒《ま》き始めた。卯吉は近寄って声をかけた。

「花扇は、売れ行きがいいようだな。あれは、いい酒だ」

穏やかな顔にして言った。

「へい。お陰様で」

小僧は、薄く笑みを浮かべて言った。名まで知っているかどうかわからないが、卯吉がどこの店の者かは分かるらしかった。警戒はしていない。

「あの酒は、祝い事の進物によいな。喜ばれるのではないか」

「へい。何でも、貰い方にも召し上がっていただくのだと聞きました」

「なるほど」

その貰い方が何者か、小僧は聞かされていない。決まったわけではないから当然だが、お結衣の話については裏が取れた。

そこで問いかけの中身を変えた。

「近頃、出入りが多くなった武家の御家はないか」

相模屋は、大名家の御用達《ごようたし》を受けていない。しかし何軒かの大身旗本の御用は受けていた。

「それは」

小僧は少しばかり考えてから言った。

「ならば三迫《みさこ》様です。大御番の組頭をなさっているそうです」

「そうか」

予想が的中した。もちろん、大御番の他の組頭も酒を推すかもしれないから、決まってはいない。しかし相模屋の主人平七は、なかなかのやり手だ。

話を聞いて、驚いたわけではなかった。献上の酒に選ばれるように、それなりの動きをするのだろうと思われた。お丹の企みも、有力な競争相手が現れて万全とはいえなくなった。

「御書院番からも、手強《てごわ》い酒が出てくるだろうからな」

卯吉は推測した。けれどもそれがどこの店かは分からない。

新川河岸の土手に立った。いくつもの大店老舗《しにせ》といっていい酒問屋が並んでいる。名乗りを上げる店が、じきに現れてくるはずだった。

三

翌日、卯吉が店先で小僧に指図をしていると、四日市町《よっかいちまち》の播磨屋《はりまや》の番頭辰之助《たつのすけ》が声かけをしてきた。

武蔵屋とは、新川を隔てた対岸に店がある。

「精が出ますな。稲飛も福泉も、評判がいいじゃないですか」

向こうは三十九歳で、親でもおかしくない年頃だ。会えば挨拶はするが、向こうから声をかけてくるのは珍しかった。

「いえいえ、それほどではありません」

まずは下手に出て受ける。

「稲飛は、生麦沖で惜しいことをしましたね」

いかにも残念といった顔で言った。公《おおやけ》にはしていないが、この一件は、新川河岸中に知れ渡っているらしかった。

「まあ」

と、あいまいな相槌《あいづち》を打った。

「そうなると、新たな仕入れをすることになるのでしょうな」

さりげなく口にしている様子だが、探っているのは明らかだった。これまで商いで関わったことはなかったが、にわかに胡散臭《うさんくさ》いものを感じた。

明後日出航する今津屋の船に、追加注文の文を託す。しかしそれについては、伝える必要はなかった。

「困っております」

当たり障りのない返事をした。

「ではこれからは、福泉ですね。あれはいい酒です」

それで辰之助は引き上げていった。

稲飛だけでなく、福泉についても調べている様子だ。たいした話はしなかったが、痛くもない腹を探られたような、不快な気持ちが残った。

辰之助の後ろ姿を見送っていると、もう一度声掛けをされた。今度は寅吉だった。岡っ引きとして、町廻《まちまわ》りをしていたところらしかった。

「生麦沖では、えらい目に遭ったな」

まずは同情をしてくれた。

寅吉の気心は知れているので、卯吉は献上の祝酒《いわいざけ》について、これまでのあらましを伝えた。

「おまえも相模屋を探ったわけだから、播磨屋の番頭をとやかくは言えまい」

と返されると、頷かざるを得なかった。

「しかし気になるのは、仕方がないところだろう。一つ、調べてやるとするか」

寅吉が言った。いずれはどこの酒が献上の品として名乗りを上げるか、明らかになる。ただ分かるならば、早めに知っておきたかった。

寅吉は、四日市町では一番親しくしている下り酒問屋の番頭から話を聞いた。そこは問屋といっても、大店とはいえない店だ。ただ界隈の情報を得るには都合がいいので、父親の代から、繋がりを持っていた。

播磨屋は、間口五間半の店だ。十年前は、坂口屋や武蔵屋には、大きく水を開けられていた。しかしこの一年ほどは、武蔵屋を抜く勢いを見せていた。

それは聞くまでもなく、寅吉は膚《はだ》で感じていた。主人は喜兵衛《きへえ》といって、五十六歳になる。狸《たぬき》と鼠《ねずみ》をかけ合わせたような面貌《めんぼう》をしている。

「喜兵衛さんも辰之助さんも、やり手ですよ。大身旗本の御用達も、何軒か受けていますね。お侍が出入りする姿をよく見ますから」

ただそれが、どこの家中かは分からない。

「近頃力を入れている酒は何ですかい」

「鳳寿《ほうじゅ》という酒です。まだあまり知られていませんが、さっぱりしたいい味です。癖がないので淡白に感じる人もいるでしょうが、それをよしとする客も少なくないと思いますよ」

「どこかに献上するという話は、聞きませんか」

「それはありませんね」

喜兵衛が町の月行事を務めていたときに、話を聞いた店では世話になったという。だから悪くは言わなかった。

そこで寅吉は、半年前に喧嘩《けんか》騒ぎを起こして店を辞めさせられた元手代小吉《こきち》を捜《さが》して、その者から話を聞くことにした。親しかった者から行方を聞いて、今は三十間堀《さんじつけんぼり》界隈で酒を担《にな》って量り売りをしていると知った。

何人かに尋ねて、小吉を捜し出した。二十歳前後で、頬骨《ほおぼね》の出た四角張った顔の男だった。

「喜兵衛も辰之助も、善人みたいな顔をして歩いていますけどもね、商いのやり口は強引ですよ」

辞めさせられた恨《うら》みがあるからか、いきなり辛辣《しんらつ》なことを口にした。寅吉はそれでも、頷きながら話を聞く。

「どこの大店や老舗だって、品種によっては売れ残りが出る。あの店では、そういうのを払いが滞《とどこお》っている小売りに押し付けるんです」

「払えないと分かっていても、元々の売値で引き取らせ、貸金にするわけだな」

「まあそうです。浪人の杉崎兵馬《すぎさきひょうま》という用心棒がいて、何か言うとこれが睨《にら》みつけます。だから一度払いを滞らせると、借金はいつまでも減りません。そのせいで播磨屋には、在庫がだぶつきません」

「売る側にとっては、都合がいいな」

　小吉の話がどこまで本当かは分からないが、それらしいことはあったかもしれない。杉崎という浪人者が出入りしているのは知っていた。顔も見た覚えがあった。

　短い間に商いを伸ばした店ならば、叩《たた》けば多少の埃《ほこり》は出るだろう。

「近頃、何か播磨屋の噂《うわさ》を聞いたか」

　恨みのある店だから、まだ関心は持っていると踏んでいる。

「鳳寿という酒を知っているな」

「へい。喜兵衛も辰之助も、あれを売ろうと躍起になっていますね。これからどうなるか、分かりませんが」

　小吉と別れて、寅吉はもう一度播磨屋の店の前へ行った。するとやや離れた場所にある倉庫から、四斗の酒樽《さかだる》が運び出されているところだった。

　樽には、図案化された鳳寿の文字が印附されていた。番頭の辰之助と用心棒杉崎の姿も見えた。

ざっと見たところ、百樽ほどの数だった。店の裏手にある納屋へ移されていった。

「いったいどうしたのか」

荷運びが終わったところで、運んでいた人足に問いかけた。

「急に言われたんですよ。何でも偉い人に献上するっていう話で、そのために分けておくということらしいです」

もちろん、その偉い人が誰かは、人足は知らない。小僧にも尋ねてみたが、教えられていなかった。

寅吉は、船着場に居合わせた船頭や人足と雑談をしながら、しばらく播摩屋の様子を見ていた。前を通り過ぎるのは毎日のことだが、気をつけて目にするのは初めてだった。

店の中にも、薦被《こもかぶ》りの鳳寿が積まれている。

新たな荷が来て、人足たちが仕事にかかる。そのとき、播磨屋から木綿《もめん》物ながらきちんとした身なりの侍が出てきた。三十代後半の歳で、御家人《ごけにん》か大身旗本の用人《ようにん》といった気配に見えた。

驚いたのは、主人の喜兵衛や番頭の辰之助までが見送りに出たことだった。小僧が、辻駕籠《つじかご》を呼んできた。侍はそれに乗り込んだ。播磨屋にとっては、大事な客なのだと察せられた。

侍を乗せた駕籠は、そのまま河岸の道を進んでゆく。寅吉はこれをつけてみることにした。

霊岸島《れいがんじま》を出た辻駕籠は、日本橋や神田の町々を抜けて賑《にぎ》やかな八つ小路に出、さらに昌平橋《しょうへいばし》を北に渡った。神田川の北河岸の道を西へ進んでゆく。

このあたりになると武家地だ。大身旗本の屋敷が並んでいる。

水道橋《すいどうばし》まで来ると、広大な水戸《みと》藩上屋敷が現れる。辻駕籠は、その手前の小石川春日町《こいしかわかすがちょう》通りに入った。しばらく行ったところで、間口三十間ほどの門番所付の長屋門の前で止まった。

家禄が千石前後の旗本屋敷だ。

降りた侍は、辻駕籠を帰らせた。駕籠舁《か》きに手間賃は払わなかった。すでに播磨屋が払っているのだと推察できた。

門番所に声をかけると、潜《くぐ》り戸《ど》が内側から開かれた。侍は中に入った。

その様子を、近くにあった辻番小屋の番人が目にしていた。寅吉は、その爺《じい》さんに近づいた。

「あのお屋敷は、どなた様のものですかい」

小銭を握らせた。

「御書院番組頭の大槻采女《おおつきうねめ》様のお屋敷だ」

屋敷に入ったのは、用人の羽鳥一平太《はとりいっぺいた》という者だと分かった。

「大槻家と播磨屋は、献上の酒として鳳寿を出そうとしているわけだな」

寅吉はそう見当をつけた。ただ他にも出す組があれば、御書院番が推す酒は、鳳寿になるとは限らない。

献上の酒を巡って、組頭と問屋が蠢《うごめ》き始めているのを感じた。

四

稲飛百樽が生麦沖の海中に沈んだことは、瞬《また》く間に霊岸島内だけでなく広い範囲で噂になった。品を卸している小売り酒屋や煮売り酒屋、居酒屋の主人、番頭の知るところとなったのである。

「たいへんでしたねえ」

と同情してくれる者もいたが、それだけではない。商いとなれば、まずは己《おのれ》の店の利益を考えた発言になる。

顧客の小売りの店を訪ねた卯吉に、そこの主人が言った。

「うちには、稲飛二十樽を入れてもらうことになっていました。座礁《ざしょう》や襲撃による紛失は分かりますが、すでに売り先の決まったお客さんは納得しません」

予定通り、納品をしろと迫ってきた。

卸す予定でいた得意先で、それができなくなった店が何軒もある。そこへは早急に、挨拶に廻らなくてはならなかった。

事件があるまでは、稲飛の販売は市郎兵衛が受け持っていた。しかしなくなった百樽についての顧客対応は、卯吉が命じられた。

一軒一軒、こちらから廻らなくてはならない。

人気酒だということで、市郎兵衛はよほど恩着せがましい態度で売ったらしかった。

「今さらないでは、済みませんよ」

と冷ややかに言う者もいた。

「まことに申し訳ありません」

ない袖《そで》は振れないから、そう謝るしかなかった。一軒一軒が、手間取った。代替えの酒を出すにしても、卯吉が独断で決められないこともある。

いったん武蔵屋へ戻ると、こちらが挨拶に行くのを待っていられない稲飛を仕入れることになっていた客がやって来ていた。

相手をしていたのは、先輩の手代だったが、ほっとした顔をしてから、代われと目で合図した。客として店に来た以上、相手にしないわけにはいかない。だからしていた、という顔だ。

苦情を告げられ、無理を強《し》いられる。損な役割だ。

売った市郎兵衛は、奥に引っ込んだまま出てこない。乙兵衛ら番頭、古参の手代桑造らは、知らぬふりを決め込む。

手代で一番の新米は卯吉で、お丹から後始末をしろと告げられている。卯吉を助けようとか、一部でも肩代わりをしようとする者はいなかった。

「余計な、面倒な対応をさせやがって」

という反応だ。

「わざわざお越しいただき、畏《おそ》れ入ります」

卯吉は丁寧《ていねい》に頭を下げた。

「前金を返すでは、済みませんよ」

こちらの挨拶は無視して、客は言った。腹を立てている。前金を返すことで、それで済ませると告げられたらしかった。それしかできないのだが、対応した手代の言い方が気に入らないらしかった。

渋々対応している手代の気持ちが、伝わったのだ。

「もっともです。馴染みのお客さんは、品が届くのを待っているでしょうからね」

苦情を言わせ、相槌を打ちながら話を聞く。こういうときは、言いたいことはすべて言わせる。その上で話し合いに持って行く。手間がかかるが、その手間を省くとさらに拗《こじ》れる。

それは、厄介なことを押し付けられてきた卯吉が、身につけた客対応の基本だった。

半刻（一時間）ねばった客は、引き上げていった。

「これはぼやぼやしていられないぞ」

と卯吉は感じた。向こうが何か言ってくる前に、こちらが対応をしなくてはいけない。遅くなっては、相手の不満が膨《ふく》らんでしまう。

乙兵衛に事情を伝え、代替えに出せる酒の打ち合わせをした。その際の若干の値引きについても、乙兵衛の承諾を得た。

この程度の権限は、一番番頭にはあった。

急いで出かけようとすると、また稲飛の仕入れについて、問い合わせに来た客があった。居合わせた他の者は、だれも代わりに対応をしようとはしなかった。

「全部とは言いませんけどもね、何樽かは回してもらいますよ」

客は無茶を言っていない。今ある在庫をどう回すかは、市郎兵衛の判断を待たなくてはならないから、明確なことは口にできない。

小売り酒屋にしても、人気酒は販売の中心になるから、代替えの酒を出すとはいっても宮錦あたりでは納得しない。帰らせるのに、四半刻《しはんとき》（三十分）以上かかった。

ほっと一息ついて井戸で水を飲み、さあ出かけようとしていると、また稲飛の客が現れたと告げられた。知らせてきた手代は、おまえが相手をしろと目で言っていた。

これではなかなか出かけられない。

するとそこに、小菊が姿を現した。顔を近付けて、小声で言った。

「私が代わりますから、卯吉さんは出かけてください」

仰天した。まさか小菊が、そんなことを言いだすとは思いもしなかったからだ。店の表向きのことには、一切関わらないのが常だ。

面倒な対応の客だから、他の手代は逃げてしまう。また卯吉に押し付ける理由は、それだけではない。困らせようという意図も含んでいた。お丹や市郎兵衛は、卯吉を憎み機会があれば追い出そうと企んでいる。手代たちは、二人の気持ちを忖度《そんたく》して動いていた。

小菊はそういう役割を、自ら引き受けようと伝えてきたのである。すぐには返事ができないでいると、小菊は続けた。

「お詫びや説明をして廻るのは、少しでも早くなければいけません」

「そ、それはそうですが」

小菊が口にしていることが、武蔵屋を守る。お丹や市郎兵衛の思惑を無視して、役割を担おうとしていた。

「大おかみや旦那《だんな》さんに叱《しか》られませんか」

ありがたい申し出だが、そこが気になった。小菊はきりりとした目を向けて、首を横に振った。

「だいじょうぶです。おかみさんや旦那さんは、私のすることには目を向けません」

確信のある表情だった。しかしそれは、どこか寂しげでもあり決意を込めたものにも感じられた。

卯吉は息を呑んだ。考えようによっては、無視をされているとも受け取れる言葉だ。もちろん小菊の背後には坂口屋がいることも大きい。しかし現実には、他所《よそ》の女に子まで孕《はら》ませている。何をしても目を向けられないなら、やろうと思うことをする。そういう居直った気持ちも含まれていそうだ。

「それで、用意をした品があります」

木綿の反物十反だった。卯吉が不審な顔で見返すと続けた。

「廻る店への手土産です。これから五軒を廻りますね」

「はい」

一軒につき、二反という含みだ。伝えてもいないのに、知っていたのは驚いた。乙兵衛とのやり取りを、耳にしたようだ。

木綿は、こうなることを予想して求めていたのか。お丹や市郎兵衛、乙兵衛はそういう心配りをしない。この費用は、小菊が出したものと察せられた。

「力を貸していただいて、助かります」

「長い目で見て、お店のためです」

卯吉が口にした礼の言葉に、小菊はそう返した。そしてすぐに、店へ出て行った。やって来た客を、待たせている。

武蔵屋のためだという小菊の言葉が、耳の奥に残った。直接には卯吉の顧客廻りをしやすくするためだが、それだけが目的ではないと言っていた。これにも、卯吉は驚いている。

小菊が武蔵屋をどう思っているか、これまで推量することはあっても、直《じか》に聞くことはなかった。

現れた客は任せて、卯吉は裏口から外へ出た。木綿は風呂敷に包んでいる。歩きながら、小菊の心の持ちようについて考えた。

お結衣は不思議だが、小菊はもっと分からない。

卯吉は小売りの店の前に立った。深く息を吸い込んで、気持ちを整えた。

「このたびはご迷惑をおかけしました」

頭を下げた卯吉は、持参した二反の木綿を差し出した。

「これはこれは」

険しい表情が、これで微妙に緩んだ。高い品ではないが、気持ちがこもったものとして受け取られたようだ。

「いや、稲飛については、武蔵屋でも困っております」

こちらから切り出すと、話が苦情からは始まらない。

「座礁や賊に襲われるなど、思いもしませんからねえ」

まずは同情してくれる。

不都合があったとき、まずは出向いて詫び、心を尽くす。また説明をすることの大切さを卯吉は学んだ。

五軒の顧客を廻り終えた卯吉は、夕暮れどきになって新川河岸へ戻った。そこへ寅吉が姿を現した。

「播磨屋は、御書院番から鳳寿を出すらしいぞ」

聞き込んだことを伝えられた。

五

翌日、寅吉は相模屋の様子を窺《うかが》ってみることにした。ここは花扇を大御番から出そうとしている模様だと卯吉は言っていた。

縄張り内のことだから、そう手間がかかるわけではない。幼馴染の役に立ってやろうという軽い気持ちだった。

献上の話自体は、都合の悪いものではない。店の前で小僧に荷運びの指図をしていた番頭の次吉《つぐきち》に声掛けをした。歳の頃は、二十六、七だろうか。運ぼうとしている酒は、花扇だった。

「この酒は、評判がいいな。たいそううまいと聞いたぜ」

「ええ、相模屋一番の酒です」

「貴いどこかに、献上する話があると聞いたが」

これは卯吉が、小僧から聞き出した。次吉は「おや」という顔をした。しかしそれで、慌てたわけではなかった。

「そういうことが、あるかもしれません」

さしてこだわる様子は見せなかった。

ただそれで、調べをやめる寅吉ではない。隣の店の手代から、次吉がよく顔を出す小料理屋を聞き出した。十七歳の、器量のいい女中がいる店だ。

早速《さっそく》行って問いかけた。昨夜も店に来たそうな。

「花扇について、何か話していなかったか」

「そういえば……」

女中は首を傾《かし》げてから言った。やや団子鼻だが、それは愛嬌《あいきょう》。考える仕草など、寅吉が見ても可愛らしいと思える娘だ。

「花扇を売るための、うまい手立てはないか、とはよく口にしていました」

「妙案は、浮かばないわけだな」

「それが、そうでもないみたいです」

娘は、黒目の勝った瞳を寅吉に向けた。どきりとした自分に、誰かが気づくのではないかと、寅吉は周囲を見回した。

「何か手立てが浮かんだみたいです。前まではどこか焦《あせ》る気配があったんですけど、昨日なんか、とっても落ち着いていました」

「何があったのだろうか」

「さあ」

そこまでは知らない。

「ここへ来るのは、いつも一人でか」

問いかける内容を変えた。

「前は一人でしたけど、昨日はお連れが二人ありました」

「誰か」

「ちょっと、怖い様子の人です」

聞いてゆくと、界隈の破落戸《ごろつき》で助左《すけざ》と竜吉《たつきち》という者だった。酒樽運びの人足だが、博奕場《ばくちば》の見張りなど土地の破落戸のような暮らしをしていた。数日前にも喧嘩《けんか》騒ぎを起こして、寅吉はその仲介に入った。

町の札付きである。酒の代は次吉が払ったというから、何かで二人を使おうとしているのだと思われた。

茂助は、霊岸島南新堀町の貫井屋《ぬくいや》から祈禱《きとう》を頼まれた。新堀川の南河岸で、今津屋の対岸に位置する。間口五間の貫井屋も下り酒問屋として、商いをしている。中どころといっていい店だ。

「大きな商いができるように、なりたいんですよ」

主人の利右衛門《りえもん》は、染みのある大きな赤い鼻をこすりながら言った。大御番の組頭の家に、酒を納めている。商う酒は、夢力《ゆめぢから》という酒だった。

「とりあえずは、どうしたいのか」

具体的な願いを言わせる。あいまいな願いでは、効果がないと茂助は考えていた。

「将軍家への献上の酒が、うちで納められるようになることです」

「たいそうな願いだな」

茂助はいく分揶揄《やゆ》する気持ちで言ったが、利右衛門は本気だった。

藤堂家と蜷川家による将軍家への献上の話は、卯吉から聞いている。大御番からは相模屋の花扇が出るらしいと卯吉は話していたが、他にも目指している酒問屋があるのを知った。

商人である以上、扱う品を人気酒にして店を栄えさせたいと思うのは当然だ。将軍家への献上を目指すのは、人気酒にする手立てとしては間違っていない。

「分かり申した。精いっぱい、いたそう」

稲飛のことが頭にあるが、頼まれれば私情は殺す。やろうと決めた。

店先に祭壇《さいだん》を設え、護摩《ごま》を焚《た》く。祭壇の脇には、薦被《こもかぶ》りの夢力が置かれている。店の者は、女中に至るまで勢ぞろいした。通りがかった者も立ち止まった。

「叶《かな》え給《たま》え、叶え給え」

数珠《じゅず》の音を鳴らし、野太い声で祈禱の言葉を述べた。護摩壇からは真っ直ぐな白煙が上がった。微《かす》かな芳香が、あたりに流れた。

荘厳な声の響きは、護摩壇から上がる白煙と共に、居合わせた者たちに、相模屋の願いが天にも届くような気持ちにさせた。

「ありがとうございます」

利右衛門は、初めに伝えたのよりも高額の祈禱料を差し出した。

「うむ。夢力には、神仏のご加護がある。満足のゆく形になるであろう」

茂助はそう答えた。

夢力の評判は、今一つだ。だからこそ利右衛門は、祈禱を依頼してきた。茂助はこの酒を、事前に飲んでいた。行けそうかどうか、事前に試したのである。

「花扇に劣らない、充分な酒だ」

と判断した。だからこそ、祈禱を請け負ったのだった。

祭壇に並べた夢力の四斗樽は、利右衛門が氏子をしている神田のお玉稲荷《いなり》に寄進されることになっていた。荷車に載せて、運んで行く。

前もって、大きめの荷札を用意している。これに『奉納　夢力』と太筆で墨書したものを、荷車に掲げた。

「わしも、同道しよう」

茂助も、利右衛門と並んで歩いた。折々、祈禱の声を上げた。

歩いていて、茂助は気になることがあった。何者かに、つけられている気がしたのである。

「どうも変だな」

祈禱を上げながら進んでゆくと、行列について来る者がいるのは珍しくない。しかしそれは、おおむね面白がってのことである。あるいは餅《もち》を撒《ま》くのではないかと期待してのものだ。

背後から見つめてくる眼差しは、冷ややかなものだった。

「何か、恨まれるようなことはござらぬか」

「いえ、そんなことはありませんよ」

茂助の問いかけを、利右衛門は一笑に付した。

四斗の夢力は、お玉稲荷の本殿に捧《ささ》げられた。

それで茂助は、夢力や貫井屋とは縁が切れたはずだった。

ところが翌朝、貫井屋にはお玉稲荷の神官からとんでもない知らせが伝えられた。拝殿に供えられた酒樽が壊され、傍《かたわ》らには酒で濡れた狐《きつね》の死骸が斃《たお》れていたというのである。

この件は、茂助のもとにも貫井屋から知らされた。

「な、何と」

茂助は呻《うめ》き声《ごえ》を漏《も》らした。せっかくやった祈禱が、穢《けが》されたと感じたからである。

胸の内が、苦いもので満たされた。怒りも湧《わ》いてきた。

すぐさま、お玉稲荷へ駆けつけた。

境内に入り、本殿に近づくとまだ濃い酒のにおいが残っていた。利右衛門や神官だけでなく、氏子や土地の岡っ引きも顔を見せていた。狐の死体は、すでに拝殿前から移されていた。壊れた樽の切れ端も、片付けられている。

いつまでも拝殿前にそのままにできないのは、仕方がなかった。

「不吉な出来事だ」

利右衛門は怯《おび》えていた。狐の死骸で、何かの祟《たた》りだと感じたのかもしれない。

「まったく」

と応じている氏子もいる。

「ふざけたまねをしおって」

茂助は、利右衛門のようには受け取らなかった。何者かが、芝居がかったことをしたと受け取った。悪意ある嫌がらせだ。

神官が、早朝のお勤めをしようと拝殿に近寄って異変に気がついた。まだ夜は明けていなかった。不審な者の姿は見ていない。昨夜見廻ったときは、何事もなかった。

「許せぬことですな。何者の仕業か、必ず暴いてみせまする」

精いっぱいの祈禱を行った、その翌朝の出来事である。許せない気持ちだった。

貫井屋からの移動の途中、何者かにつけられた。あの感覚は、間違っていなかった。

六

お玉稲荷拝殿前の事件は、土地の岡っ引きにしてみれば、大事件とはいえない。死傷者が出たり金品が奪われたりしたのとは違う。四斗樽の下り酒は高額とはいえ、不《ふ》埒者《らちもの》のいたずらと受け取れないこともない。

「調べは、こちらでいたそう」

と茂助が告げると、中年の岡っ引きは「ならばお頼みしましょう」とあっさり引いた。面倒ごとが一つ減った、その程度の様子だった。

しかし茂助は違う。この一件は、自分がした祈禱が、下り酒夢力にとって、何の効力も発しなかったことになると受け取るからだ。そのままにはできない気持ちでいたのである。

またこの仕打ちには、必ず何か裏がある。それを明らかにしたかった。

ともあれ、稲荷周辺の住人から聞き込みを行った。拝殿の近くにはお玉が池もあって、昼間ならば参拝がてらやって来て、ぶらぶら歩きをする者がいる。桔梗《ききょう》や女郎花《おみなえし》が、池の畔《ほとり》に咲いている。

　しかし夜明け前の暗いうちとなると、目撃者を捜すのは難しそうだった。

「いや、暗いうちに早朝参りをする方はいますから、何かを見た人はいるかもしれませんよ」

　鳥居の近くで茶店を営む婆《ばあ》さんは言った。

　近くには、朝が早い豆腐屋もあった。居合わせた親仁《おやじ》に問いかけた。

「ええ、そういえば。仕込みを始めた頃に、通りに人の気配を感じました」

「外を見たのか」

　仕事をするとき、戸は開けたままにしていたとか。

「暗いですからね、顔などは分かりませんが、黒い影を見かけました。あれは男が二人でした」

　悲鳴などが聞こえたわけではない。早朝参りも珍しいわけではないから、ちらと見ただけで忘れてしまった。今問いかけられて、思い出したのである。

「風体はどうか」

「さあ。刀は差していなかったですけど、分かるのはそこまでです」

　鳥居から出て、走り去っていった。

「このあたりに、狐は出没していたのか」

「そんな話は、聞いたことがありません」

となると、死んだ狐を運んできたことになる。

他に、近所の古道具屋の主人、乾物屋の女房、隠居した職人の親方、住み込みの職人の小僧などに訊《き》いたが、不審者を見たという者はいなかった。暗いうちに目を覚ましていても、何かなければ稲荷の境内に目を向けることはない。仕方のない反応だった。

狐を抱えて歩いていた者を見た者もいない。目立たぬように、夜間に運んだのだ。いつの間にか、九つ（十二時）を過ぎた刻限になっていた。昼飯代わりに蒸《ふ》かし芋《いも》を買って、町の木戸番小屋で食べた。お玉稲荷の早朝の件について、番人の親仁や女房と話をした。

「死んだ狐を運んだら、このあたりでは目につきますよ。袋にでも入れて運んだのでしょうが、そういう者を見たと話す人はいません」

町のことなら地獄耳の番人の耳にも入っていない。

「でも、この出来事は、周辺の町々では評判になっていますよ。稲荷神社での狐絡みの話ですから、怨霊《おんりょう》の仕業じゃないかなんて」

少し前に、女房が隣町の艾屋《もぐさや》へ行ったら、店の前で声高に話している者がいた。聞くと、町の他の場所でもあれこれ話題になっている様子だとか。

「話に尾鰭《おひれ》がついて、面白がっているわけだな」

「そうでしょうね。退屈している人には、もってこいの話じゃないですか」

「困ったものだな」

苦々しいものが、胸に湧いた。女房は、さらに続けた。

「ですからね、夢力というお酒は、不吉なお酒だということになっていますよ。飲んだら祟りがあるとかないとか」

「…………」

広まっている噂には、悪意が絡んでいると感じた。茂助は、番人の女房が話を聞いた隣町の艾屋へ行った。

「ああ、その話を始めたのは、浅蜊《あさり》の振り売りをしている貞次《さだじ》さんでした。毎日このあたりを廻ってきている顔馴染みです」

艾屋で留守番をしていた婆さんが言った。調子のいいことを口にして浅蜊を売る、三十前後の男だそうな。

そこで貞次を捜《さが》し出して、問いかけをした。祟りがあるとまで言うのは、やり過ぎ

いふらしているのか」

「おまえ、夢力を飲むと祟りがあると言っているそうだな。おまえが思いついて、言いふらしているのか」

つい腹立ちのこもった声になった。返答次第では、懲《こ》らしめてやろうと考えている。

「い、いや。あっしが思いついたわけじゃあ、ありませんよ」

茂助の剣幕に押されて、貞次は体を震わせた。逃げ出せないように壁に追い詰め、体で前を塞《ふさ》いでいる。

「ではなぜ言った。誰かに言うように告げられたのか。正直に言わぬと、数日商いができない体になるぞ」

睨みつけた。錫杖《しやくじよう》の柄の先を、胸に押し付けている。

「そ、そう言えって、頼まれたんですよ」

半べその声で返した。

「銭を貰《もら》ったわけだな」

「へえ」

貞次は認めた。五十文を貰って、すでに五ヵ所でその話をしたそうな。

「ならば、まだ他でもするのか。その話を」

「え、いえ。もう」

とんでもないという顔で、激しく顔を横に振った。しかしすでに五ヵ所でしたならば、さらに広がっているのは明らかだった。

「銭を出したのは、何者か」

ここが一番肝心なところだった。

「そ、それが、よく分からねえんで」

怯えた顔になった。今の言葉で、痛い目に遭わされると感じたらしかった。

「いい加減なことを申すなよ。正直に言え」

「へ、へえ。朝方、浅蜊を担って売っていたら、そいつらが寄ってきたんです。そして五十文を手渡されたんです。二人とも、初めて見る顔でした」

「知りもしないやつから、銭を受け取ったのか」

「へ、へえ」

俯《うつむ》いた。びくついている。ちっぽけなやつだ。大げさに話をするだけで五十文を貰えるならば、この男はやるだろうと思われた。相手を知らないというのも、嘘ではなさそうだった。

風体を聞くと、一人が三十をやや過ぎた歳ごろ、もう一人は二十代後半だった。目つきはよくない。地廻りの子分といった外見で、この界隈の者ではない。

「二人連れか」

豆腐屋の親仁が見た二人と、数は繋がる。

貞次を放免して、茂助は貫井屋利右衛門を訪ねた。ここまで聞き込んだことは伝えた。その上で、恨まれたり商いを邪魔されたりする理由があるか問いかけた。

「祟りのある酒ですか」

その話には、衝撃を受けたらしかった。

「なるほど。先ほどは、仕入れを断ってきた小売りがありました」

肩を落とした。早速、噂話の影響が出てきたことになる。茂助は、次の言葉を待った。

「商いですから、恨まれることがないとは申せません。ですがここまでの嫌がらせをされるのは、腑《ふ》に落ちません」

「夢力は、将軍家に献上したいと願う酒であった。競争相手で、邪魔をしようという者はいないのか」

卯吉から、藤堂家と蜷川家がする献上の祝酒については、話を聞いていた。恨まれる理由が他にないのならば、そこを疑ってみるしかなかった。

すると利右衛門は、はっという顔になった。

「夢力が大御番の中で推されるかどうか、まだ決まっていません。今のうちに、潰《つぶ》しておこうと企む人がいるかもしれません」

と漏らした。決めるのは明日だという。

「名乗りを挙げている酒は、他にもあるのだな」

「はい。相模屋さんの、花扇です」

「花扇を献上品にして、箔をつけて売るためには、争う相手を減らしたいところだろうな」

今のところ、それ以外には考えられなかった。

そこで茂助は、相模屋を洗うことにした。

まずは寅吉に話を聞く。

「ほう。そんなことがありましたか」

詳細を聞いた寅吉は、興奮を隠さずにそう言った。相模屋は、大御番から酒を出すと耳にして、探っていたのだと告げられた。

「しかも、怪しげな二人連れが、番頭の次吉と関わりを持っていましてね」

助左と竜吉という者だった。年恰好《かっこう》は、貞次から聞いたものと重なった。

「そやつらが、やっていそうだな」

「ええ。十中八、九、そうでしょうね」

茂助と寅吉は顔を見合わせた。

そこで、二人の早朝の動きを探ってみることにした。助左と竜吉は、霊岸島内の新《しん》浜町《はまちょう》にある同じ裏長屋を住まいにしていた。

「さあ、あの二人が朝も暗いうちに何をしていたかなんて、知ったこっちゃありませんね。あたしには、どうでもいいことですから」

井戸端にいた長屋の女房に聞くと、そんな言葉が返ってきた。居合わせた、他の女房に聞いても同じだった。

「あたしは、明るくなってから顔を見ましたよ。寝坊なあの人たちが、暗いうちから外に出るなんて、そんなことは一度もありません」

「いや、女郎屋で過ごして、朝帰りをしてきたことはあったじゃないか」

と老婆が返して、他の者はげらげら笑った。

「こうなったら、直に聞いてみましょうか」

寅吉が言った。怪しい素振りがあったら、そこを責めようという腹だ。

二人は新川河岸の船着き場にいた。人足たちと一緒に、荷待ちをしていた。寅吉に告げられて、助左と竜吉の顔を確認した。

「おめえたち、今日の夜明け前はどこにいたか教えてくれねえか」

寅吉は、腰に差した房のない十手に手を触れさせながら尋ねた。

二人は一瞬怪訝《けげん》そうな顔をしたが、慌てる気配は見せなかった。

「寝ていましたよ」

「そんなに早い刻限に、起きるわけがない」

一笑に付された。しかしふてぶてしさも感じられて、それがかえって「やっているのではないか」という気持ちにさせられた。

「昨日は一日、何をしていたか」

「新川河岸にいて、荷運びをしていました」

迷いのない返答だった。狐を手に入れるとすれば、霊岸島にいては無理だ。

七

次の日も、卯吉は小菊から手渡された木綿の反物を風呂敷に包んで、顧客廻りに行った。

昨日は、小菊は二人の客の苦情を聞いたらしかった。

「若いおかみさんは、お客さんの話をいろいろ聞いてから、お帰りいただきました」

様子を尋ねた小僧は、卯吉にそう答えた。困ったことになったという話は聞かないから、無事に収めたのに違いなかった。

市郎兵衛が相手をしたら、かえって客を怒らせ、面倒なことになったかもしれない。上出来だと思った。

ただそのことを、誰も口にしない。乙兵衛ら番頭や手代は、見て見ぬふりをしたのである。

「お世話になりました。お陰様で、こちらの用は済みました」

お陰様というところに気持ちを込めて、卯吉は伝えた。

「よかったですね」

といって向けてきた笑顔が、胸に沁《し》みた。

さらになるほどと思ったのは、小菊が顧客の対応をしても、お丹と市郎兵衛は苦情を言わなかったことだ。

見栄っ張りなお丹と市郎兵衛は、小菊が店に出ることを嫌がると卯吉は予想した。それは間違っていないと思うが、言っていた通り苦情は一切口にしなかった。見なかったことにしたのである。

小菊は、ただ堪《こら》えるだけの弱い人だと卯吉は思っていた。ところが奥に、しぶとさと状況を見る目が備わっていることに気づかされた。

九つ過ぎにいったん店に戻ったとき、中の土間で小菊が客に頭を下げていた。

「まことに、おっしゃる通りでございます。申し訳ないことではございますが、稲飛はどうにも都合がつきません。ここは事情をお汲《く》み取りいただきまして、お許し願いたく存じます」

あくまでも下手に出た言い方をしていた。

今日の昼下がりに、卯吉が廻ろうとしていた店の主人である。

「商人は一度約したことは、何があっても守る。それでこそ、店の信用が守られる。武蔵屋はそれが、できなくなったのですかね」

激昂《げっこう》はしていないが、引かない客だった。大坂屋《おおさかや》といって、十年来の付き合いがある店だ。乙兵衛は店の奥にいるが、手助けはしない。算盤《そろばん》を弾いている。

卯吉は敷居を跨いで中に入ろうとしたところで、小菊と目が合った。小菊は小さく首を横にした。

入るなと、告げたのである。卯吉が入ると、話がこじれると考えたのかもしれない。

外で様子を見ることにした。

「大坂屋さんとは長いお付き合いをさせていただいていますが、商いは相見互《あいみたが》いでございます。先代の大番頭吉之助は、大坂屋さんの支払いが遅れたときに、催促をしませんでした。たった二日のことですが」

小菊は、腰を低くしたまま言った。そんなことは、卯吉も知らない。

驚いたのは、聞いた大坂屋の主人の表情が微妙に変わったことである。どうやら事実らしかった。

「そ、そうですな」

たった二日でも、約束を違《たが》えた過去があるのを、やんわり伝えたのである。

強気に出ていた大坂屋の口ぶりから、気迫が薄れていた。

「まことに、申し訳ありません。この埋め合わせは、また何かでさせていただきますので、今回は何とぞ」

改めて、小菊は頭を下げた。

「いやいや、若いおかみさんにそこまで言われては、しかたがありませんな」

大坂屋はあっさりと顔つきを変えた。

相手の弱みを見つけても、露骨にそこを責めない。相手に気づかせたところで引いて、幕引きを提案したのである。形は頭を下げて詫びていても、負けてはいなかった。大坂屋も愚かではないから、その提案に乗ったのだ。

「したたかじゃあないか」

と卯吉は思った。

しかし今の対応ができたのは、小菊が過去の商いについて、流れを知っていたからこそできたのである。仰天した。

「ありがとうございます。見事でした」

大坂屋が去ったところで、店に入った卯吉は小菊に声をかけた。詫びる姿は丁寧だったが、毅然《きぜん》としていた。

その様子が、頭に刻み込まれた。

「いえ。前に吉之助さんから聞いた話を、思い出しただけです」

恥じらいを含んだ顔で、小菊は応じた。大番頭だった吉之助とは、商いの話をしていたことになる。

「卯吉さんの方の首尾は、いかがでしたか」

小菊は訊いてきた。

「二反の木綿が効いていますね。お陰様で、何とか話がついています」

あと四軒廻れば、終了することを伝えた。

小菊の力添えがなければ、ここまでうまくはいかない。

「この人はいったい、どういうつもりなのだろう」

市郎兵衛にもお丹にも、卯吉とは異なった形で冷遇をされている。にもかかわらず、店のためとして力を貸すのはなぜか。

直《じか》に聞くことは憚《はばか》られるが、小菊に関する関心は強くなった。

二日後の夕暮れどきになって、鵜飼頼母が武蔵屋へやって来た。奥の部屋でお丹と市郎兵衛、それに乙兵衛を交えて話をした後で、手代以上の奉公人を店の板の間に集めた。

卯吉は集まった者の中で、一番端に腰を下ろした。

将軍家への酒の献上にまつわる話だと思うから、皆どこか緊張をした表情になっていた。特に桑造の表情はこわばっていた。

二番になったとはいっても、あきらめてはいない。お丹が推していることが分かっているからだ。

「桑造のやつは、いろいろなところで、稲飛の入荷はもうないと話して、福泉を買うように勧めているぜ」

これは寅吉が口にしていたことだ。ここのところ福泉は、売り上げを徐々に上げてきている。桑造はそのための尽力をしていた。

「大御番と御書院番が推す、献上の酒が決まったぞ」

鶉飼は、これを伝えるためにやって来たのだった。一同は耳を傾ける。声を出す者はいない。

「大御番は、組頭三迫庄《しょう》右衛門《えもん》殿と相模屋平七が推す花扇に、御書院番が組頭大槻采女《うねめ》殿と播磨屋が推す鳳寿となった。武蔵屋が推す酒と、相競《あい》うことになる」

聞いていた者の中には、ため息を漏らす者もいた。組頭の名こそ知らないが、相模屋の花扇と播磨屋の鳳寿は、誰もが知っている酒だった。

予想通りの展開といっていい。ただ鶉飼の話は、それだけではなかった。

「大御番では、貫井屋の夢力も候補になっていた。しかしお玉稲荷で、不吉な出来事があった」

この一件は、新川河岸でも評判になった。祟りがあるという話も、伝わってきていた。犯行をなした者は、捕らえられてもいない。

単なる噂話だと分かっていても、聞けばいい気持ちはしない。何よりも酒は、縁起物として扱われる。

「夢力は、銘酒といっていい。しかし上様への献上の酒は、わずかな穢れもあってはならぬ。そのために、推挙できぬとなった」

「まことでございます」

乙兵衛は、一同を代表するように言った。

この顚末を、卯吉は寅吉から聞いている。助左と竜吉を使った相模屋の仕業だと思われるが、確証はない。貫井屋にしてみれば、してやられた形だ。祈禱師として面目を潰されたと感じている茂助は、必ず真相を暴いてやると意気込んでいる。

「そこでだ、武蔵屋から出す稲飛においては、そのような不祥事がおこらぬように心しなくてはならない」

鵜飼に代わってそう告げたのは、市郎兵衛だった。お丹がその言葉に、大きく頷いた。鵜飼とお丹の姉弟は、何が何でも献上の酒は武蔵屋から出すつもりでいる。ただここで市郎兵衛が、武蔵屋の酒が稲飛だと断定した言い方をしたことで、桑造の顔が強張った。

鵜飼が、再び口を開いた。

「新御番では、一番に稲飛を推すことになった。福泉は二番であった。しかし稲飛は不注意で海に沈み、揃わぬ状態でいる。そこで福泉を推すことにしていたのだが、できぬことになった」

きっぱりとした物言いだった。

これを聞いて慌てたのは桑造だった。

「な、何ゆえで」

手代が勝手にものを言うことは許されていない。桑造にしてみれば、衝撃だったに違いなかった。

鵜飼はその言葉を聞かなかったような顔で、言葉を続けた。

「献上酒として、稲飛は番頭と組頭によって選ばれた。武蔵屋はその酒を出した以上、下り酒の商人として、何があっても調《ととの》えなければならぬ。それができぬ問屋ならば、二番の酒であっても、仕入れるわけにはいかぬというのが番頭山口様のお言葉だ」

山口の背後には、藤堂や蜷川の考えがある。両家の婚儀に、一点の曇りも滞りもあってはならないという思いがあるからに他ならない。

両家にしてみれば当然だ。だからこそ、夢力も外された。

「稲飛が調わないならば、新御番は細沼屋の栄菱か龍舞となる」

鵜飼の言葉は、動かしようのないこととして聞こえた。

「しかし稲飛は、不始末をした者があって揃いません」

桑造が、憤怒《ふんぬ》を抑えかねた面持ちで言った。激しい怒りと焦りの持って行き場が、他にないといった様子だった。

そこで市郎兵衛が声を出した。

「不始末をおこしたのは、卯吉だ。わざわざ生麦沖まで行きながら、おめおめ海に落とした。その責は大きい」

品が揃わないと分かっていて、それでも推したことについては触れなかった。

「まったくだ。おめおめ戻ってきた卯吉は、商人として情けない。一人前の商人をめざすならば、汚名をそそがなくてはいけない」

お丹はそう言って、卯吉を睨みつけた。自分には、一片の落ち度もないといった顔だった。

「おまえは何が何でも、稲飛を集めるんだ。それができないような役立たずならば、武蔵屋には置いておけない。荷物をまとめて出てお行き」

そう決めつけた。

「ま、まったくです。それしかありません」

絞り出すような声を、桑造が出した。

無理強いといっていい話だが、それを口にする者はいない。乙兵衛はもちろん、他の者も黙って頷くだけだった。

卯吉が反論する余地はなかった。

第三章　思惑違い

一

茂助から頼まれた寅吉は、続けて助左と竜吉の動きを探る。茂助は二人を許さないつもりだから、寅吉には駄賃を与えた。

「あっしも乗り掛かった船ですから」

金のために動いているわけではないが、くれるものは貰《もら》っておく。縄張り内の悶着《もんちやく》は、岡っ引きとしては、手中に顚末《てんまつ》を押さえておきたかった。

すでに七月も半ばを過ぎて、夕方になると虫の音《ね》が騒がしい季節になっている。空には鰯雲《いわしぐも》が浮いていた。

助左と竜吉は昼飯まで新川河岸《しんかわがし》で荷運びをし、それから仲間と離れた。武蔵屋には見向きもせず前を通り過ぎ、播磨屋が間近に見えるところまで行った。

二人の表情は、船着場にいたときとは変わってきりりと引き締まった。企《たくら》みのある顔だと寅吉は感じている。

「何かやらかすぞ」

という気持ちが、ずっと胸の内にあった。

播磨屋の鳳寿百樽は、河岸道にある倉庫から店脇にある酒蔵に移されている。凄腕《すごうで》だといわれている用心棒の杉崎が、見張りをしていた。

助左と竜吉は、その様子を確かめたらしかった。一瞥《いちべつ》をやっただけで、通り過ぎた。

暮れ六つ過ぎになって、二人は器量よしの娘がいる小料理屋の店の前へ行った。そこで目にしたのは、相模屋の次吉だった。

三人は店で、半刻《はんとき》ばかりの間、酒を飲んだ。寅吉は顔を知られているから、近寄ることはできない。

何かの打ち合わせをしたのかもしれないが、内容を知ることはできなかった。

寅吉は、旅籠《はたご》に投宿している茂助に、目にしたことを伝えた。

「やつらが武蔵屋の前を素通りしたのは、稲飛は揃《そろ》わないと踏んでいるからだろう。

それくらいのことは摑《つか》んでいるはずだ」

「そうですね。となると、邪魔なのは播磨屋の鳳寿ですから、やはり何かを仕組むものと思われます」

「杉崎は凄腕らしいが、それで怯《ひる》むわけにはいかないと考えているだろうな」

相模屋の平七も次吉も、一筋縄ではいかないやつらだ。花扇を売るためには、手段を選ばないだろうとは感じた。

「播磨屋の喜兵衛も辰之助も、黙って見ているわけではないでしょうから、何か企むでしょうね」

武蔵屋は標的になっていない。しかし相模屋と播磨屋は、火花を散らしそうだった。

卯吉は、稲飛を仕入れられず迷惑をかけた店を廻《まわ》り終えた。しかしそれで、事がすんだわけではなかった。お丹や市郎兵衛から、新たな厄介《やっかい》を背負わされた。

献上の酒は、稲飛でなくてはならないと厳命された。となると百樽を確保しなくてはならない。

けれどもそれは、至難の業《わざ》だった。

すでに仕入れた店では、人気の酒を売ろうとして商いの手立てを考えている。それを出してくれと頼むのである。

店にある在庫は十七樽で、その内十五樽は売り先が決まっていた。しかしこの十七樽は、そのまま確保したいところだった。

売り先を決めたのは市郎兵衛だから、日頃卯吉が懇意にしている店ではない。それでも一軒ずつ出かけて行く。

顔が引き攣《つ》りそうになるくらいの笑顔を浮かべる。

「お上への献上品になる場合がありますので、納品を今回だけなかったことに、あるいは先延ばしにしていただけないでしょうか」

と頭を下げた。

口にしていることは嘘ではないし、献上品になれば、次の酒ができたときには客の目を引くことは間違いない。

「今回だけは、助けてください」

そういうつもりで言葉を発した。

「将軍様への献上となれば、それはめでたい。仕方がないでしょう。来年は、真っ先に廻してくださいよ」

と理解を示してくれる店はあったが、それだけではなかった。
「それはいい。稲飛は、新酒番船で一番になった灘桜よりも、評判の酒になります
よ」
献上の話は喜んだ。しかし納品ができなくなる話をすると、表情も態度も変わる店
がほとんどだった。
「海に沈んだ酒ならばともかく、すでにこちらが仕入れて代金も払った酒ですよ。武
蔵屋さんにどのような事情があろうと、うちには関わりのない話です」
とやられた。
相手が言っていることは間違っていない。売り先も決まっているのだろう。無理を
言っているのはこちらだった。
「そこを、何とかならないでしょうか。もちろん次の仕入れでは、もろもろ考えさせ
ていただきます」
改めて頭を下げた。ただ酒を返せとは言っていない。乙兵衛と打ち合わせて、卸し
た価格の一割増しで代価を払うと伝えていた。
しかし話を聞いた主人は、かえって腹を立てた。
「旦那の市郎兵衛さんは、たいした鼻息でしたよ。こちらは頭を下げて、卸して貰っ

たんです。老舗《しにせ》の大店《おおだな》武蔵屋の旦那《だんな》さんは、できない商いを進めようとしたのですか」

「い、いや」

市郎兵衛は人気酒を卸すということで、よほど高飛車な態度を取ったらしかった。ここの店だけではない。

「私は直《じか》に、文句を言いに行きますよ」

と告げられた。「どうぞ、ぜひとも」と言いたいところだが、それは店の者としてできない。返事はしなかった。

結局五軒廻って、八樽を確保しただけだった。しかし状況を鑑《かんが》みれば、それでも上出来なのかもしれなかった。

そして夕刻の店仕舞い間際、文句を言いに行くと口にした小売りの主人が、本当に店にやって来た。返せと言われたことが、よほど腹に据《す》えかねたらしかった。

卯吉が対応に出たが、それでは済まない。

「市郎兵衛さんを、出してもらいましょう」

上《あ》がり框《かまち》に腰を下ろして、梃子《てこ》でも動かない姿勢を見せた。

「いやいや。いろいろありまして、お力添えをいただきたいのですよ」

しぶしぶ乙兵衛が対応に出た。しかしそれでも、相手は納得しなかった。やっとのことで、市郎兵衛が姿を現した。

「これはこれは、たいそうご迷惑をおかけしました。おっしゃることは、ごもっともです」

初めから、下手に出る言い方をした。そして客の前で、卯吉を叱《しか》りつけた。

「一度卸した品を、返せと言いに行くとは何事だ。うちの商いは、そこまで困ってないないぞ」

「……………」

客を目の前にして、事実を口にするわけにはいかない。取り返してこいと言ったのは、お丹や市郎兵衛の方だった。

卯吉は黙って頭を下げた。

押しかけてきた主人には、話はなかったことにし、次の仕入れでは優遇することを伝えて帰らせた。強く出る客には、ご機嫌取りをしたのだった。

客が引き上げた後、市郎兵衛は卯吉に言った。

「おまえは主人の私の顔に、泥を塗るのか。私を、約束を守らない商人にするのか」

押さえていた怒りをぶつけるような口ぶりだった。

店の奥には、乙兵衛や巳之助もいたが、何も言わなかった。

こうなると、腹も立たない。市郎兵衛やお丹には、何を言っても届かないのは分かっていた。

ならばできることを、自分なりに進めるしかないと考えた。

今の段階では、残っていた二樽と確保できた八樽の、合わせて十樽の稲飛が武蔵屋にはあるだけだった。

二

翌日も卯吉は、稲飛をすでに卸した小売りを廻るべく店を出ようとした。すると二番番頭の巳之助が声をかけてきた。

「芝《しば》の分家へ行ったらどうだね。あそこならば、十樽やそこらは残っているはずですよ」

仕事を手伝うとは言わない。できなければお丹や市郎兵衛に責を問われるからだが、どうでもいいとは思っていないらしかった。稲飛百樽が揃うかどうかは、武蔵屋の今後の商いに関わることを、分かっているからだ。

「そうですね」

卯吉は一応頷《うなず》いた。分家にはすでに七十樽を卸している。販売を受け持っていた市郎兵衛は、望まれるままに品を渡していた。

あるのは分かっているのだが、敷居が高い。分家主人の次郎兵衛は、妾腹《しょうふく》の弟である卯吉を蛇蝎《だかつ》のごとく嫌っていた。

しかし次郎兵衛は、本家が将軍家に献上する酒を手配したとなると評判になることは分かっている。分家の商いにも利益は及ぶ。

出した方が得策なのは明らかだから、嫌みの二つや三つはあっても、巳之助の言う通り何樽かは出すのではないかと考えた。また冷ややかに断られるにしても、声だけはかけるべきだと判断した。

断られるに決まっているから放っておくでは、同じ立ち位置になってしまう。

卯吉は芝浜松町《はままっちょう》の武蔵屋分家に行った。人通りの絶えない幅広の大通りに面している。店の軒下には、本家と同じ暖簾《のれん》をかけていた。

店に客はいなかったが、店の奥には次郎兵衛と番頭の竹之助がいた。店の中には、稲飛の四斗樽が積まれて置いてあった。二合から二升までの、屋号を記した貸し徳利《どっくり》が並んだ棚もある。

「お世話になります」

卯吉は頭を下げて店に入ったが、次郎兵衛は一瞥《いちべつ》を寄こしただけだった。相手にしないという態度で、それはいつものことだ。

気にはしない。

「どうしましたか」

と、竹之助が卯吉の挨拶《あいさつ》を受けた。本店から来た手代、という扱いをしている。稲飛が新御番から献上の酒に推されていることは分家にも伝えられているから、早速《さっそく》用件を伝えた。

「本家にあるのは十樽で、あと九十樽が入用です。助けていただきたく、参りました」

口にしてから、次郎兵衛と竹之助に、改めて頭を下げた。

「そりゃあお困りでしょうな」

竹之助が言った。出してもよいという口ぶりだ。しかし次郎兵衛が向けた眼差《まなざ》しは、険しいものだった。

「献上の酒を集めるのは、おまえの役目なんじゃないかい。それをここで何とかしようなんて、ずいぶん甘えた話じゃないか」

「………」

「稲飛は、すべて売り先が決まっている。一樽だって戻すことはできない。おまえは人を頼らないと、役目を果たせないのか」

やり繰りに困ると、すぐにお丹に泣きつくことは棚に上げている。

つい数ヵ月前に、借金の保証人になり、多額の負債を抱えることになるところを卯吉の尽力で回避できた。それをありがたいと思っている気配は、微塵《みじん》もなかった。奉公人として、当たり前だと感じている様子だった。

期待はしていなかったから、失望はしない。ただ段取りを踏んだのである。さらに頼むようなことはしなかった。

「お邪魔をいたしました」

頭を下げて、店を出た。次郎兵衛は、返事もしなかった。卯吉は、次にはさてどこから始めようかと思案していた。

「おい」

大通りを少し歩いたところで、背後から声をかけられた。声で分家の手代丑松だと分かった。

「次郎兵衛はああ言ったが、六樽までならば何とかなるぞ」

と丑松は言った。今しがた店には姿がなかったが、どこかでやり取りを聞いていたらしかった。相変わらず、主人を呼び捨てにしていた。

「本当ですか」

これは思いがけないことだった。声が弾んだのが、自分でも分かった。

「おまえにではなく、他の店に卸したことにすれば、あいつは気がつかない」

丑松はそう言った。次郎兵衛を舐《な》めている。

主人とはいっても、細かいことは番頭の竹之助や手代の丑松に任せていた。帳面を検《あらた》めるだけだ。酒蔵に入って、数をかぞえるなどしない。

丑松は、今は亡き大番頭吉之助に頼まれたから分家に移って、商いを支えている。本家にいたときから商才を認められ、本人もやる気に満ちていた。だからこそ吉之助から白羽の矢を立てられたのだが、次郎兵衛が酷《ひど》すぎた。

分家に出した後でも、お丹は甘やかした。

今ではすっかり、やる気をなくしてしまった。主人を敬えなくては、気迫を持って商いに向かえない。

店を変わりたい意思を、卯吉は前に伝えられたことがあった。

分家に限らず本家も、奉公人やこれまでの実績、すなわち暖簾に支えられている。

しかし市郎兵衛と次郎兵衛は、それが分かっていなかった。

「ありがたい」

丑松の好意が身に沁《し》みた。

「武蔵屋を出ようとは思わないのか。おまえならば、引き取り手はいくらでもあるぞ」

前に、「おまえだけが、いつも貧乏くじを引かされている」と言われたことがあった。そう思わなくもないが、お丹が自分を嫌う気持ちも分からなくはなかった。

自分はまだ武蔵屋を支える身にはなっていないが、守るために、何かしらの役には立っていると感じている。小菊は力を貸してくれた。乙兵衛や巳之助は味方ではないが、敵でもなかった。

「丑松さんだって、残っているじゃあないですか」

返事のしようがなかったので、そう言ってみた。

「そりゃあ」

と言ってから、首を傾《かし》げた。そして続けた。

「いい話があったら、今すぐでも出て行くさ」

丑松は使える手代だから、話がないとは思わない。

稲飛を本店に戻すことは、武蔵屋のためになる。次郎兵衛が卯吉への当てつけにどこかへ売っても、そのときの儲《もう》けがあるだけだ。丑松は卯吉への気持ちだけでなく、武蔵屋の今後も踏まえて稲飛を寄こそうとしたのかもしれない。

四半刻《しはんとき》ほどして、次郎兵衛が出かけた。その間を狙って、稲飛六樽を運び出した。番頭の竹之助は、運び出す様子を見ていたが何も言わなかった。ここにも味方がいた。

「しっかり集めろ。商人なんてな、ないと言ったってどこかに隠している。どうやったら出させられるか、せいぜい工夫をするんだな」

丑松は言った。これで稲飛は、十六樽になった。

三

播磨屋の店脇にある酒蔵から、鳳寿の四斗樽が運び出されている。運んでいるのは小僧たちで、表情は明るい。

商いがうまくいっていると分かるからだ。

掛け声が、秋の青い空に吸い込まれてゆく。暑くも寒くもない一日だ。土手に群れて咲いた黄色い小菊が、風を受けて揺れていた。

茂助は、その荷運びの様子を見ていた。この三日の間見ていて、鳳寿の売れ行きは上々だった。店への客の出入りもまずまずだ。

味は淡麗で、爽《さわ》やかな飲み口だ。これが将軍家への献上の酒に選ばれれば、一気に評判になると見込まれた。

「灘桜や稲飛を超す、人気酒になるぞ」

だからこそ播磨屋は、万一のことを考えて百樽を店裏の酒蔵に移して、管理を厳重にしていた。

鳳寿七樽が、船着場の平底船に積み込まれた。酒蔵の戸が閉められると、番頭の辰之助が錠前をかけた。

平底船には、手代と小僧二人が乗り込んだ。見ていると、さらに用心棒の杉崎も乗った。荷運び中は、周囲に厳しい目を向けていた。

艪《ろ》の音を立てて、平底船は船着き場を出た。

「あれは」

このとき茂助は、対岸に菅笠《すげがさ》を被《かぶ》った二人連れがいて、その平底船を見送る姿に目をやった。笠で目のあたりは見えないが、顔の下半分と体つきで助左と竜吉だと気がついた。

船がやや離れたところで、二人は顔を見合わせ、河岸の道を同じ方向に歩いて行った。茂助はその様子が、船を陸路で追ってゆくように感じた。

「何か、企んでいるな」

茂助は、荷運びを終えた播磨屋の小僧に近づき尋ねた。

「鳳寿を積んだ荷船の行方《ゆくえ》はどこか」

「京橋守山町《きようばしもりやまちよう》の小売り酒屋です」

小僧は、どうということもない顔で言った。

「するとあの船で三十間堀《さんじつけんぼり》まで運び、そこで荷車に積み替えて守山町へ運ぶわけだな」

道筋を頭に浮かべて、茂助は口にした。小僧は頷いた。

それで同じ船着き場にいた船頭にも声をかけた。

「今の船の行先を知っているか」

と訊《き》いたのである。「ええ、聞いていますよ」と返答があった。

「誰かに、行先を尋ねられなかったか」

「そういえば、相模屋の次吉さんに訊かれましたっけ」

「うむ」

腹の奥が、一気に熱くなった。

茂助は守山町に近い三十間堀の船着き場へ、陸路で急いだ。

「おお、いたぞ」

樽酒が、荷車に移し終えられたところだった。離れたところから周囲を見回したが、助左と竜吉らしい姿はどこにもなかった。

杉崎も、周囲に目をやっている。

荷車が移動を始めた。小僧二人が、引きと押しを行った。手代と杉崎が両脇についた。

車軸の擦《こす》れる音が聞こえた。慌《あわ》てた様子ではないが、無事に送り終えたいという気持ちがあるからか、急ぎ気味だった。

何が起こるか分からないから、茂助はできるだけ近くに寄った。

京橋と芝口橋《しばぐちばし》を結ぶ広い通りに差し掛かった。人や荷車の往来が多い町だが、荷車は速度を落としていなかった。

辻駕籠《つじかご》が前を行き過ぎた。もう少しで後棒の者がぶつかるところだった。ひやりとした。そして次の瞬間、横手から五、六歳くらいの男の子が、荷車の前に飛び出した。というよりも、突き飛ばされた。

「おのれっ」

茂助は叫んで駆け寄った。突き飛ばしたのは、菅笠を被った人足ふうで、茂助は竜吉だと分かった。荷車は、急には止まれない。引いていた小僧は止めようとしたが、それなりの勢いはついていた。

「ぎゃっ」

という子どもの叫び声。子どもは荷車にぶつかると思われた。

周りからも悲鳴が上がった。

しかしその子どもに、飛び掛かった者がいた。小さな体を抱いた大人が、地べたに転がった。一瞬の後、荷車はその場所に突っ込んで止まった。

寸前のところで、播磨屋の手代が、子どもを救ったのだった。何もしなければ、跳ね飛ばされていた。

子どもはここで、激しく泣いた。よほど怖かったに違いなかった。しかし大怪我《おおけが》をした様子はなかった。

菅笠を被った二人の男が、人ごみを掻《か》き分けて逃げて行く。杉崎がこれを追っていた。俊足だ。

少しずつ、間を詰めて行く。道行く人が、気配を感じて慌てて道を空けた。杉崎は走りながら、腰の刀に手を添えていた。

斬り捨てようという気迫だ。

茂助も、このときには走っていた。助左と竜吉がしたことは許せないが、殺させてしまうわけにはいかなかった。

死なれては、貫井屋の夢力の一件がうやむやになる。

助左と竜吉は、途中で二手に分かれた。それぞれ別の横道に入った。杉崎は、竜吉の方を追った。

竜吉は、邪魔な者は突き飛ばす。幼老かまわずで、必死だ。

ぶつかりそうになった浅蜊《あさり》売りが前につんのめった。天秤棒《てんびんぼう》に吊《つ》るしていた浅蜊が、ざっと道に散らばった。

そこへ駆け込んだ杉崎は、足を滑らせた。

「くそっ」

それでも後を追おうとしたが、竜吉の逃げ足は速かった。わずかな隙《すき》に、どこかの路地に飛び込んだらしかった。杉崎は、執拗《しつよう》に付近を捜《さが》した。しかし影も形もない。捕まえることはできなかった。

茂助は元の場所へ戻った。その場所には、すでに荷車も子どもの姿もなかった。居合わせた者に聞くと、子どもは母親に連れられてこの場から立ち去ったという。かすり傷は負ったようだが、それ以上の怪我はなかった。

「そうか」

茂助は胸を撫《な》で下ろした。通りは、すでに何事もなかったように人や荷車が行き交っていた。

荷は守山町の小売り酒屋へ無事に運ばれた。

「次吉らが企んだな」

実行したのは助左と竜吉だが、命じたのは次吉だと考えられた。平底船の行方を聞いたのは、どこかで何かをしでかそうと企んでいたからだ。

用心棒の杉崎がいては、襲うとしても返り討ちに遭う可能性が大きい。ならば事故を起こさせるのが好都合と踏んだのだろう。

鳳寿を載せた荷車が子どもや老人に大怪我をさせたら、「将軍家への献上」は難しくなる。となれば相模屋の花扇は、候補の筆頭になる。

四

その頃卯吉は、稲飛を卸した小売りの店を廻っていた。いきなり稲飛の話は持ち出さず、他の酒の売れ行きなどについてまず話を聞いた。こちらから持ち出さなくても、稲飛を主力商品と据えている者は、向こうから話題にした。

今日廻る店は、卯吉が最初に廻って買ってもらった店だった。市郎兵衛が売った店とは、もともと反応が違った。

「なるほど、卯吉さんもたいへんだ。献上品になれば、今後の商売もやりやすくなる。ある分はお返ししましょう」

初めに行った店では、そう言ってくれた。とはいっても、四樽だった。

しかし次の店は、「もう、ありませんよ」と番頭に告げられた。店には並んでいない。しかし真偽のほどは分からなかった。

酒蔵を見せてくれとは言えない。

三軒目の店は、前から卯吉には好意を持って接してくれる店だった。無名だった稲飛を、気持ちよく仕入れてくれた。初老の主人は吉之助とも親しくしていて、卯吉が妾腹で、武蔵屋で冷遇されていることも知っていた。

卯吉としても、この店に返してほしいと頼むのは心苦しかった。

「あなたが頼むから置いてくれと言うから、仕入れたんですよ」

主人に返されると、応答のしようがなかった。どう言おうかと考えていると、主人の方が問いかけてきた。

「これはお丹さんか市郎兵衛さんに命じられて、やって来たわけですね」

「ええ」

一瞬迷ったが、頷いた。

「どんな事情があろうと、一度卸した品を返せだなんて、問屋として情けない気がしますよ。問屋としての信用も、薄れるのではないですかね」

口にしていることは厳しいが、目には幾分かの憐《あわ》れみがある。

「それは、何とも」

もっともだとは言えないが、胸の内では頷いていた。自分は、馬鹿げたことをしていると感じた。

「こう言っては何だが、お丹さんや市郎兵衛さんは、目立つことをして酒の売り上げを増やそうとしている。でもねえ、盤石《ばんじゃく》だった武蔵屋の商いを揺るがしているんじゃあないですかね」

先代からの、親しい顧客だからこそ言ってくれたのだと、卯吉は受け取った。

「ありがとうございます」

と、思わず言葉が出た。老主人は、礼を告げられるとは思わなかったらしい。「おや」という顔をしてから続けた。

「将軍家への献上品を出すとなれば派手ですから、耳目は集めますよ。でもね、商家として大切なのは、地道で着実なやりとりの積み重ねだと、私は吉之助さんに教えられましたけどねえ」

ちらと、昔を懐かしむ顔をした。ずっと前に吉之助から、同じようなことを言われたのかもしれない。そして心に留めながら、商いをしてきたのかもしれない。

小売りとして、繁盛している店だった。そういう店だからこそ、人気が出た稲飛は、置いておきたい酒のはずだった。

「ま、まったくで」

卯吉も、吉之助から同じようなことを言われたことがあった。

何であれ、お丹に命じられた以上、顧客廻りはしなくてはならない。ただ胸の奥で、稲飛はここまでして献上の品に選ばれなくてもいい、と思い始めているのに気がついた。

武蔵屋のためには、それ以上に大切なことがある。献上が決まって、権威ずくで無理やり返却を求めたら、店の信用はどうなるのか。考えさせられた。

「お騒がせをしました」

これ以上は頼めないと思って、腰を上げた。すると主人が、もう一度腰を下ろすように手で合図をした。

「しかしこのまま帰っては、あなたも立つ瀬がないでしょう。六樽、戻そうじゃないですか。でもね、これは卯吉さんに返すんですよ」

と言った。

「伺《うかが》ったことは、いつまでも忘れません」

卯吉は深く頭を下げた。助けてくれたのは目の前の主人だが、その向こうには吉之助がいると思った。

気持ちを持ち直して、その後四軒廻った。しかしそれで戻してもらえたのは、しめて三樽だった。

もう一軒神田岩本町《かんだいわもとちょう》へ行こうと考えて、卯吉は隣町の松枝町《まつがえちょう》を通り抜けようとした。

「あれは」

道の途中で、思いがけない人物の姿を目にした。通りに備えられた天水桶《てんすいおけ》の陰に立っている。それなりの商家の、若女房といっていい身なりだった。

小菊である。

卯吉は、思わず息を呑《の》んだ。小菊が見詰めている先にあるのは、市郎兵衛が囲っているおゆみという女が暮らしている家だった。

見てはいけないものを見てしまった気がしたが、卯吉は身動きができなくなった。

小菊はこちらに気づいていない。その表情は、厳しいものだった。

いつもよりも青白い。どこか不安気で、寂しさも感じられた。

ずきんと、卯吉の胸が痛んだ。

「何を、思っているのだろう」

胸の内で、呟《つぶや》いた。

おゆみは市郎兵衛の子を孕《はら》んでいる。その姿を見れば、一目瞭然《いちもくりょうぜん》だ。小菊はすでに、その姿を目にしたのか、あるいはどこかで耳にしたのか。それを考えると、心《しん》の臓《ぞう》がつんと痛くなった。

居ても立ってもいられず、ここへやって来たのだろう。穏やかならざる気持ちになるのは、当然だ。

小菊は表向きは武蔵屋の若おかみとして遇されているが、それは形だけだ。実家にも、義理の父となる吉右衛門のいる坂口屋にも、居場所ない。

娘おたえの成長を頼みにして過ごしているにしても、ここで妾宅に見入る姿を目にすると、卯吉はいたたまれない気持ちになった。

「まだ、市郎兵衛に未練があるのだろうか」

そんなことも考えた。

女の心の持ちようは分からない。お結衣は、男に酷い目に遭わされかけた。それでもまだ、心の奥にその男のことが残っている。

数日前は、「店のために」ということで、卯吉に力を貸した。あのときは、おゆみの妊娠を知っていたのか、知らなかったのか。そんなことも、気になった。

ただ夫婦のことだから、卯吉が口出しをするわけにはいかない。

しばらく様子を窺《うかが》っていた小菊だが、我に返った様子になって足早にその場から去っていった。

夕方になって、茂助は寅吉を伴って助左と竜吉の住む長屋へ行った。荷車の前に子どもを突き出すやり方は悪辣《あくらつ》だと思うから、とっちめて、やった理由を含めて白状させようと腹を決めていた。

「容赦はしないぞ」

と意気込んだ。

「まったく、酷いやつらです。それにまた、何かをしでかすかもしれません」

話を聞いた寅吉も、腹を立てていた。しかしどちらも長屋に戻ってきていなかった。界隈《かいわい》の者に尋ねたが、二人の姿はまだ誰も見ていない。

そこで夜も更《ふ》けてから、再び長屋へ行った。しかしまだ、戻っていなかった。長屋はあらかた眠りについている気配だったが、明かりを灯《とも》しているところがあったので、問いかけた。

「どっちも、戻って来た様子はありませんよ。どうせ女郎屋かなんかに、行っているんじゃないですか」

遅くなるのは珍しくもないから、出てきた中年の男は気にも留めていなかった。ただ問いかけをしてきた。

「あいつら、何かをしたんですかい」

そう考える、わけがありそうだった。

「なぜ、そんなことを訊くのか」

「いえね、他にも助左と竜吉の行方に思い当たる場所はないかと、尋ねてきた人がいたんですよ。一刻くらい前に」

聞いた茂助と寅吉は、顔を見合わせた。

「それは、どんな奴だったのか」

寅吉が訊いた。

「浪人者でした。歳の頃は、二十代の後半あたりです。ちょっと、怖い感じでしたね」

杉崎だと思われた。昼間の二人が助左と竜吉だと分かって、何かしようとしたのに違いない。

播磨屋にしてみたら、そのままにはできない相手だろう。殺すのか、白状させて何かをするのか。そこはまだ見えてこない。

「播磨屋も、やられっぱなしではいない者たちですね」

「うむ。それを察したわけだから、助左と竜吉は、もうここには帰らないかもしれないぞ」

寅吉の言葉に、茂助はそう返した。

五

新川の土手に、数匹の蜻蛉《とんぼ》が飛んでいた。翅《はね》をぴんと張って飛ぶ様子はどこか勇ましい。荷船が近くを通ると、一瞬のうちに姿を消した。

卯吉が小僧たちに荷の指図をしていると、茂助が姿を現した。

「どうだ、稲飛は集まったか」

市郎兵衛から押し付けられた役目については、すでに話している。厄介な仕事だが、やるだけのことはやろうと思っている。昨日顧客に言われた、店の信用ということも頭にあるから、心は揺れる。しかしここまできたら、やらないわけにはいかないとも感じていた。

丑松が口にしたように、武蔵屋を出て行くという手もないわけではないが、それを今考えるつもりはなかった。ただ気になるのは、自分に力を貸してくれた小菊の存在だ。

市郎兵衛は、おゆみという女に子を孕ませ、お丹は少なくなった家作の一軒を使うことを許した。小菊にとっては堪《こら》えがたい出来事のはずで、松枝町の住まいを見詰める昨日の姿は、卯吉の胸を打った。

そのあと武蔵屋の台所などで姿を見かけたが、一見いつもと変わらない。けれどもそれが、卯吉にはかえって痛々しいものに感じられた。

とはいえ、どうすることもできないのが歯痒《はがゆ》いところだった。

茂助には、廻った店の様子と集まった樽の数を伝えた。

「合わせて二十九樽というのは、厳しいな」

ため息が返ってきた。そして茂助からは、昨日の守山町への荷送りの途中にあった一件や、助左と竜吉が今朝《けさ》になっても戻らないことを告げられた。

「相模屋は花扇を献上の酒にするために、播磨屋の鳳寿に何としても泥を塗ろうというつもりですね」

「そうだ。助左らが姿を隠したのは、気づかれたと察したからだろうし、次の企みにかかるためかもしれぬ」

卯吉の言葉を受けて、茂助が言った。昨日の荷送りの一件で考えれば、子どもが大怪我をし場合によっては命を失うようなことをあえて行った、相模屋の平七や次吉の、気合いの入りようが伝わってくる。

「ただ、献上の酒を決めるのは、数日のうちです」

五日後の七月末日に、藤堂屋敷に蜷川《ながわ》だけでなく山口らの縁者も集まる。そこで『稲飛』『鳳寿』『花扇』の中から献上の酒が選ばれると、卯吉は聞いていた。

「何かを企むならば、それまでの間だな」

茂助の言葉に、卯吉は頷いた。

「播磨屋の用心棒杉崎の動きはどうでしょうか」

これも気になるところだ。

「もちろん、姿を消した二人を捜し出して、どうにかするつもりだろう。喜兵衛も辰之助も、黙って見てはいまい」

「花扇に、何か仕返しをするでしょうか」

これもないとは言えない。

「おまえは、稲飛を集めろ。わしは助左と竜吉を捜す。寅吉には杉崎や辰之助の動きを探らせているぞ」

「助かります」

調べに自分も加わりたいところだが、それはできない。茂助が去ったところで、顧客廻りを始めなくてはならなかった。

江戸のどこかに潜《ひそ》むとはいっても、範囲は広い。助左と竜吉はしょせん流れ者だから、長屋の者たちは詳《くわ》しい素性を知らない。行き先など、見当もつかないと言われた。

「杉崎よりも先に、捜し出さねばならない」

と茂助は思っている。先に探されたら、こちらが知らぬ間に消されてしまうかもしれない。

そこでまずは、助左や竜吉と親しくしていた者を捜した。人足仲間や博奕場《ばくちば》で知り合った者である。

「あいつら、この数日は金回りがよくなったようだぜ」

と話した者はいた。うまい儲け仕事が転がってきたとは言ったそうだが、中身は訊いても言わなかったそうな。

「相模屋の番頭次吉と一緒にいるのは、何度か見た」

という者もあった。しかしそれだけでは、どうにもならない。次吉に問いかけることも考えたが、まだ悪さに使うつもりならば知らないととぼけるはずだった。

結局、一日捜したが、探し出すことはできなかった。

翌日、茂助は次吉の動きを探ることにした。昼間は、何事もないように商いに精を出している。傍《はた》から見ている限りは、不審な動きはない。

隣に店を構える酒問屋の手代に訊くと、次吉が取引先の番頭や手代と酒を飲む姿をときおり見ると言った。

「本人はそう強くありませんから、あれは接待ですね」

「どういうところに行くのか」

「相手によって、変えるんじゃあないですか。儲けられそうな相手には、奮発すると思いますよ」

そこで茂助は、前に次吉が助左と竜吉を連れて行ったという、器量のいい娘のいる店へ行ってみた。昨日一昨日《きのうおとつい》あたり、姿を見せていないか訊いてみるつもりだった。そのへんの小料理屋よりも、高い店だ。

「昨夜《ゆうべ》遅く、お見えになりました。あの二人の人足ふうの人と、待ち合わせていたようです」

長居はしなかった。二人は、落ち着かない様子だったらしい。捜されていることに、気づいているからか。

「話していた内容を、覚えているか」

「さあ。でも、油というのと、明日か明後日《あさって》の夜、風がどうのとは言っていました」

「そうか」

なんとなく、やろうとしていることの見当がついた。茂助は卯吉と寅吉に伝えることにした。

その日、夕刻から風が出た。店を閉め夕食を済ませた後、卯吉は店を出た。茂助と寅吉と共に、四日市町《よつかいちまち》の播磨屋の酒蔵近くに潜んだのである。

酒蔵の裏手に長屋があり、その木戸門の陰に身を潜めると、表通りに出られる路地が見通せる。日が落ちて暗くなっても、人が通れば気配を感じられる場所だった。

「店の側には、杉崎らが目を光らせているからな。来るとしたら、こちら側しかない」

寅吉は言った。

茂助の話を聞いて、卯吉も寅吉も、「やつらは付け火をするぞ」と踏んだのである。やつらの思惑通り、風も出てきた。いったん火がつけば、厄介なことになるのは明らかだった。

播磨屋の様子に変化はない。卯吉ら三人も、息を潜めた。闇に目を凝《こ》らした。

虫の音《ね》があたりから響いてくる。鈴虫《すずむし》や松虫《まつむし》、邯鄲《かんたん》などの音だ。油代は高いから、長屋の者たちは早々に寝てしまう。話し声はなく、足音も聞こえない。あるのは風の音と、虫の音だけだ。

茂助は白の狩衣《かりぎぬ》ではない。目立たぬ着物を、寅吉から借りた。しかし長い錫杖《しやくじよう》だけは手にしていた。卯吉も樫《かし》の棒を握りしめている。

付け火などはさせない。ただ杉崎に斬られてしまう前に、捕らえたかった。

暮れ六つの鐘が鳴った。この頃になると、長屋で明かりが灯っている住まいはない。播磨屋の建物の中にも、明かりを灯す部屋はなくなった。

足音は聞こえない、しかし卯吉は、路地に異変を感じた。それまで聞こえていた虫の音が、路地のあたりからしなくなっていた。

茂助も、それに気づいたらしい。目を光らせた。

闇を凝視《ぎようし》する。すると黒い影が動くのに気がついた。影は二つあって、周囲の様子に気を配っている。

鳳寿が納められた酒蔵の壁に、それは張り付いた。

微《かす》かに、液体が撒《ま》かれる音が聞こえた。賊が持ってきた油が撒かれたのだと察しられた。

卯吉はこの段階で、木戸門の陰から飛び出した。直後、炎が壁から上がった。その明かりが、顔に黒布を巻いた二人の男の姿を照らした。

「火事だ。付け火だぞ」

卯吉は叫んでいる。消火を急がなくてはならない。しかし二人の賊も、捕らえなくてはならなかった。寅吉が、呼子《よぶこ》の笛を鳴らしている。

すると静まり返っていたはずの播磨屋の酒蔵から、待っていたとばかりに飛び出してきた数名の者がいた。その先頭にいたのが、杉崎だった。

播磨屋でも万一を考えて、警固《けいご》をしていたのだと察した。

二人の賊が路地を駆け抜ける。炎に照らされた体つきは、助左と竜吉に違いなかった。

杉崎が刀を抜いた。逃げ道を塞《ふさ》ぐように立ち、刀を振るった。

「たあっ」

裂帛《れっぱく》の気合が響いて、これに肉と骨を截《た》つ音が交った。悲鳴を上げることもできないまま、助左らしい賊は血しぶきを上げて地べたへ斃《たお》れた。

見事な腕前だった。一刀のもとに命を奪った。付け火の賊である。遠慮はしていなかった。

その間に、もう一人が逃げ出している。

「火を消せ。水を運べ」

炎の前では、消火が始まっていた。手早く水桶《みずおけ》が用意されていた。付け火があることも、予想していたのかもしれない。

卯吉と茂助は、逃げ出した賊を追った。杉崎も追うはずだが、後れを取るわけにはいかない。

賊の足は速い。闇の中に紛《まぎ》れ込まれてはおしまいだ。

「やっ」

茂助が錫杖を投げた。音を立てて飛んだそれは、逃げる男の足に絡んだ。

「わあっ」

勢いづいた男の体は、前のめりに倒れた。卯吉がこれに駆け寄った。腕を捉え、棒で体を抑えつけた。力が入っていたので、男は呻《うめ》き声《ごえ》を上げた。

駆け寄った寅吉が、縄で縛《しば》り上げた。

顔を覆《おお》っている布を、卯吉が剝《は》ぎ取った。賊はやはり、竜吉だった。わずかに遅れて杉崎が現れたが、手にかけることはできなかった。

斬られた男は、助左だった。遺体と竜吉の身柄を、町の自身番へ運んだ。付け火は、播磨屋の奉公人の手で、瞬《また》く間に消されていた。酒蔵の板を、わずかばかり焦《こ》がしただけで済んだ。

「何があってもおかしくはありませんのでね、備えていました」

出てきた番頭の辰之助が言った。

六

付け火は重罪だ。八丁堀《はっちょうぼり》の定町廻《じょうまちまわ》り同心田所紋太夫《たどころもんだゆう》を呼んで、捕らえた竜吉への尋問が行われた。

田所は面倒なことを嫌がる人物だったが、事が事なので厳しい問い質《ただ》しを行った。

竜吉はしでかしたことの重大さに震えている。助左の凄惨《せいさん》な惨殺死体を目にしたときは、悲鳴を上げた。一つ間違えれば、自分もそうなると察したのである。

「あ、あっしと、助左で、考えました」

「ふざけるな」

初めは二人で企んだ犯行だと告げたが、田所に怒鳴りつけられて、相模屋の次吉から銭を貰って付け火をなしたことを認めた。

守山町の荷運びで、男の子どもを突き飛ばしたことも認めた。

「こ、小判なんて、見ることも触ることもなかったもんで」

初めて手にして、目が眩《くら》んだ。事が済んだら、助左と江戸を出るつもりだった。長屋に戻らなかったのは、杉崎に気づかれたと思ったからだ。

夜分でも、直《ただ》ちに次吉を呼んだ。もちろん次吉は、寝てなどいなかった。付け火がうまくいかなかったことも、新川河岸の住人として察していた。穏やかではない気持ちだっただろう。

「火事に遭《あ》えば、播磨屋の鳳寿は縁起の悪い酒になり、献上品に選ばれることはなくなると思いました」

と白状した。竜吉の白状があり、前夜小料理屋に一緒にいたことも明らかになって、しらを切ることができなかった。

さらに貫井屋の夢力の四斗樽が、お玉稲荷の拝殿前で壊され狐《きつね》の死骸があったことについても、尋問を行った。

ここまできたら、隠すまでもない。

「はい。助左と竜吉にやらせました」

次吉は認めた。茂助はこれで、貫井屋と交わした下手人を暴いてやるという約束を果たせたことになる。夢力が献上の酒となることはないが、狐の祟《たた》りがある酒ではないのは明らかになった。

「すべて、主人の平七が指図をしたのか」

「いえ、私の一存でした」

「そんなわけがあるまい」

短気な田所は、相当手荒なことをしたらしかった。しかし次吉は、それでも平七を庇《かば》った。

次吉は平七の妹の子で、幼少の頃から可愛《かわい》がられた。伯父《おじ》を庇ったのである。未遂《みすい》でも、付け火ならば指図した者と竜吉は死罪になる。しかし次吉が勝手にしたことになれば、平七は共犯ではないから死罪にはならない。

ただ相模屋は、そのままでは済まなかった。高額な罰金刑である過料を取られ、三か月の戸閉《とじまり》の罰を受けた。武家の閉門に当たるものだ。花扇を売るどころではない。

それどころか、店は潰《つぶ》れるだろうと新川河岸の人々は噂《うわさ》した。

七月末日、季節はすっかり秋の気配となった。徐々に日脚も短くなっている。

駿河台《するがだい》にある藤堂屋敷には、稲飛と鳳寿の一樽ずつが運び込まれた。播磨屋からは喜兵衛と番頭の辰之助が、武蔵屋からは市郎兵衛と卯吉が酒を運び込んだ。酒に関する問い質しがあったら、持参した者は応じなくてはならない。

市郎兵衛は、乙兵衛か桑造を同道させようとした。

「いや、卯吉に行かせよう。この酒には、関わりが深いからね」

お丹がそう言った。本心は、晴れがましい場には卯吉を出させたくないのである。しかし稲飛について、武蔵屋で卯吉以上に詳細を答えられる者は外にいなかった。お丹はそのことが、分かっていた。

卯吉が行くのが最良だと判断したわけで、市郎兵衛よりもはるかに事情を踏まえている。

二樽が、屋敷の庭に運び込まれた。手入れの行き届いた、見事な庭だった。池のほとりにある紫苑《しおん》が、美しい花を咲かせている。

市郎兵衛と卯吉は、樽の脇で地べたに蹲《うずくま》っていた。播磨屋の喜兵衛と辰之助も同様である。

庭に面した縁側に、藤堂や蜷川《にながわ》、山口ら縁者の者が集まった。

「では、お試しいただきたく存じます」

藤堂家の用人が声をかけた。家臣の者たちが、二つの四斗樽の鏡を開いた。一合升に注がれた酒を、一同は試飲した。

どちらも、淡麗さを競う酒だ。ただ精米率は、稲飛の方が高い。酒の味に肥えた者が、どう判断するか。そこが決め手になると思われた。

「稲飛は百樽が調《ととの》うのか」

当然のように、問いかけを受けた。

「大丈夫でございます」

根拠もないのに、市郎兵衛は胸を張って答えた。自分では、一樽も取り返してはいない。卯吉に押しつけたままだった。

卯吉は蹲ったまま、選から漏《も》れることを願っていた。ここまできて選から漏れるならば、恥ではない。献上の栄は得られなくても、武蔵屋としては面目を施せる。

「それで充分だ」

と考えるのだった。

いくつかの問い質しを受けた。酒造元の規模や、上方での売れ行きなどだ。武蔵屋の求められた疑問については、卯吉が答えた。

そして藤堂や蜷川、縁者の者たちは部屋に入った。障子戸はここで閉められている。

客たちの多数決で一番の酒を選ぶのではない。祝言を行う藤堂家と蜷川家が、居合わせた者たちの意見を聞いて決めるのである。

庭に残されたまま、卯吉や市郎兵衛、喜兵衛や辰之助は、じりじりした気持ちで結果を待つことになった。

蜻蛉が酒樽の周りを飛んで、すっと姿を消した。

閉められていた障子が開かれた。藤堂や蜷川らが、廊下に姿を現した。庭に控えていた者たちは、一斉《いっせい》に頭を下げた。

「将軍家に献上する酒を決めた。告げられた店は、つつがなく百樽を調えねばならぬ」

そう告げたのは、藤堂家の用人だ。

「ははっ」

と喜兵衛と市郎兵衛は声を上げた。

「献上の酒は……」

用人は、ここで間を空けた。隣にいる市郎兵衛が生唾《なまつば》を呑み込んだのがわかった。

卯吉は、選ばれないことを願っている。

「稲飛といたす。栄誉として受けるがよかろう」

「ははっ。ありがたき幸せ」

市郎兵衛は、その場で平伏をした。卯吉もそれに合わせたが、胸中を駆け巡ったのは、どうやって品を集めるかということだった。

「稲飛は、香りの高さと淡麗さが献上の酒にふさわしいとされた」

用人の言葉が続いた。卯吉の腋《わき》の下に、冷たい汗が湧《わ》き出た。

卯吉は、市郎兵衛の顔に目をやった。畏《おそ》れ入りながらも、満足で上気した顔になっている。百樽を集めることについては、気持ちが行っていない。

用人は、止《とど》めの言葉を口にした。

「納品は、八月二十日である。献上は二十五日。万一調わぬことがあったら、献上の酒は鳳寿といたす。これも見事な酒であった」

このときには、藤堂も蜷川も頷いた。両家の決定として、伝えられたのである。

卯吉は今度は、喜兵衛と辰之助に目をやった。問いかけは認められていないから、播磨屋としては受け入れざるを得ない。頭を下げたままの二人の顔は、感情を表に出さないようにした強張《こわば》ったものだった。

得心しているとは、思えなかった。逆らえないから、口を閉じているだけだ。

このとき卯吉の胸にあったのは、重苦しい追い詰められたような気持ちだった。市郎兵衛やお丹は、献上の品と決まったことを新川河岸中に吹聴するだろう。しかし品が調う目途《めど》は、立っていない。

品が調わないというのは、問屋としての信用にかかわる。しかも相手は、将軍家である。

武蔵屋は、厳しい局面に立たされた。

選ばれて浮かれている市郎兵衛を、卯吉は冷ややかな気持ちで見た。

第四章　倍の値段

一

藤堂屋敷から戻った市郎兵衛は、まずお丹と乙兵衛に結果を伝えた。同道した卯吉には、目も向けない。

奥の部屋で二人に事情を伝えた後、店の板の間に手代以上の者を集めた。一同を前にして立った様子は、自信に満ちている。誇らしげに、己《おのれ》の功績として稲飛の将軍家への献上が決まった旨を伝えた。さらにこれは武蔵屋の暖簾《のれん》のお陰でもあり、お丹の実家鵜飼家の尽力があったことも付け足した。

これには、お丹と乙兵衛は神妙な顔で頷《うなず》いた。

ただお丹は、手放しで喜んでいるわけではなかった。武蔵屋が置かれている状況も分かっている。乙兵衛にも、不安な面持《おもも》ちがうかがえた。

「不始末があったからね、店にはまだ稲飛が揃《そろ》っていない。揃えるためには、皆が力を集めなくてはいけませんよ」

災害と襲撃が重なったからだが、不始末だと口にした。卯吉のせいだという態度は崩さないから、酒を集める役目は、押し付けてきていた。しかし期限が半月となると、押し付けただけでは厳しいと感じている様子だった。

まともな判断だとは思うが、力強い返事をした者はいなかった。多くが俯《うつむ》いたままだ。

桑造は不機嫌そうに、そっぽを向いていた。相変わらず卯吉と口を利《き》くのは、用事を伝えるときと苦情を言うときだけだ。百樽が揃って献上が実現したら、たとえ市郎兵衛が己の功績のように振舞っても、卯吉の尽力あってこそだと誰もが思う。それが何よりも気に入らないはずだった。

「でもね、百樽の稲飛を海に沈めたのは卯吉なのだから、これは忘れてはいけない。卯吉は死に物狂いで集めなければならないよ。できないときは、どうなるか分かっているね」

お丹は卯吉を睨《にら》みつけた。おまえのために、いわれのない苦労を強《し》いられているという眼差《まなざ》しだ。

「出て行くだけのことだ」

念押しのように、市郎兵衛が続けた。これには桑造も頷いた。

この段階で武蔵屋にある稲飛は二十九樽で、すべて卯吉がやっと集めた品だった。

翌日卯吉は、もう一度稲飛を卸した店《たな》を廻《まわ》ることにした。将軍家への献上が決まったことを伝え、引き取りができないかを改めて頼むのである。

順番や経路については、乙兵衛に伝えた。しかし手伝いを申し出てきた手代は一人もいなかった。

「それは何より」

「さすがは武蔵屋さんだ」

話を聞いた主人や番頭は喜んだ。しかしだからといって酒樽を出すわけではなかった。どこで耳にしたかは知らないが、このことを知っている気配の者もいた。

店頭にあるすでに鏡を開いた稲飛は、前に来たときよりも売値を二割がた上げていた。

自分が出さなくても、誰かが出せばいい。在庫でこの折にしっかり儲《もう》けよう、と考えているのだろう。

悔《くや》しい気持ちはあるが、仕方がないという気持ちもあった。

献上が決まったから、何が何でも出せとは言えない。言いたくなかった。どうしたものかと江戸橋《えどばし》を渡ったところで、今津屋のお結衣とばったり会った。

「まあ」

と駆け寄ってきた。笑顔を見せている。

「献上が決まったそうですね。おめでとうございます」

お結衣は、祝いの言葉を述べた。

「なぜそのことを」

伝えてはいなかった。今日、近くまで行ったときに立ち寄って、報告をするつもりだった。

「新川河岸の問屋の手代さんから聞きました。口から口へと、伝わっています」

この手の話の、伝わる速さを思った。

「仕入れたいという小売りは、増えそうですね」

「まあ、そうでしょう」

今の段階では、嬉《うれ》しい話ではない。売れると分かれば仕入れたいし、在庫を出したくないと考えるのは当然だ。

「そういえば、先ほど稲飛の四斗樽を運ぶ荷車を見ました」

「どこの店ですか」

「小舟町《こぶなちょう》の川崎屋《かわさきや》さんです」

それは前に廻って、品切れだと言われた店だった。高値になったところで、売り逃げたことになる。

お結衣も、武蔵屋に荷が揃っていないことは分かっている。向こうから話題を変えた。

「もうじき、西宮《にしのみや》から千石の樽廻船が入ります。追加を頼んだ大西酒造からの返事が、そろそろ来るのではないでしょうか」

生麦沖《なまむぎ》で百樽をなくした後で、卯吉は大西酒造の番頭庄助に、稲飛を集めてもらえないかと頼んでいた。蔵元にはないが、上方ならば江戸よりも集めやすいだろうと考えて依頼したのである。藁《わら》にも縋《すが》る気持ちだった。

「そうですね。よい返事が、あるでしょうか」

「まったくないことはないと思いますよ。庄助さんは、江戸での販売の端緒《たんしょ》を開いたのは卯吉さんだと考えているので、きっと役に立とうとしてくれています」

お結衣は嬉しい言葉を口にした。

さしてあてにもしていなかったが、お結衣に言われて、望みが湧《わ》いた。「そうかもしれない」と思えて、船が待ち遠しくなった。

「卯吉さんは手を抜かない人です。力をつくしてやれば、できないと思われることでもきっとできますよ」

お結衣は励ましてくれた。お結衣に認められていると感じると、それは力になった。

「一度卸した樽を返してもらうのは、たいへんです」

つい、弱音も出た。

「そうでしょうね。卸した値では、返さないでしょう」

と返された。

「ううむ」

その言葉で、卯吉は考えた。乙兵衛と相談し、すでに卸値の一割高で引き取ると伝えている。木綿《もめん》二反も手渡した。しかしここまでくると、まだ心を動かすものにはなっていない。

残る手立ては、やはり値段かと考えた。

「ある程度の出費は、仕方がないのではないか」

と判断した。早速《さっそく》店に帰って、相談することにした。

店には市郎兵衛と乙兵衛がいた。引き取る値について、卯吉は二割高でどうかと訴えたのである。このままでは、期日までに樽は集まらないと伝えた。

大西酒造からの返事については話さなかった。聞けばすぐにあてにするだろう。不確かなことは、市郎兵衛やお丹に告げるつもりはなかった。

市郎兵衛がいい顔をしないのは分かっていたが、伝えなければ始まらない。乙兵衛は仕方がないという顔をしたが、市郎兵衛は怒った。

「己が楽をして手に入れるための手立てか」

と言った。こうなると、乙兵衛は口を閉じてしまう。

「小売りの立場に立って、考えました。彼らがこの機に儲けようとするのは当然です」

「ふん。小賢《こざか》しいことを言うな」

そこへお丹が姿を現した。やり取りを耳にしたらしかった。

「百樽が集まらなかったら、武蔵屋は恥をかく。鵜飼家の面目も潰《つぶ》れる。卯吉がいなくなったくらいじゃあ、収支が合いませんよ」

市郎兵衛に目を向けて言った。そしてやや思案する顔を見せてから、乙兵衛に告げた。

「今の一割増しに加えて、一樽につき銀十匁《もんめ》をつけましょう」

お丹は何としても、百樽揃えたいと考えている。市郎兵衛も同じだが、お丹の方が現実的だった。気に入らない卯吉の提案でも、有効だと考えたようだ。

「その代わり、何としても集めるんだよ」

と念押しをされた。

二

卯吉は気持ちを新たにして店を出た。今のやり取りで、お丹の意気込みは伝わってきた。今の段階では、敵ではない。お丹のためというつもりはないが、もう少し踏ん張ってみようと思っていた。

「あの」

少しばかり歩いたところで、声をかけられた。若い男の声だ。振り返ると、坂口屋の前かけをした小僧が立っていた。

「うちの旦那《だんな》さんが、お越しいただきたいと言っています」

わざわざ武蔵屋の店から離れたところで、声をかけてきたのである。内緒の呼び出しだと思った。

主人の吉右衛門には世話になっている。そのまま出かけた。

坂口屋の店は新川河岸《しんかわかし》ではなく、鉄砲洲《てっぽうず》の本湊《ほんみなと》町《ちょう》にあった。武蔵屋に劣らない店構えだ。海に面しているから、潮のにおいが濃い。

卯吉は、庭に面した奥の部屋へ通された。小僧が、茶菓を運んできた。茶うけに載っているのは、厚切りの練羊羹《ねりようかん》だった。厚遇なので驚いた。そんな扱いをされることは、めったになかった。

待つこともなく、吉右衛門が姿を現した。卯吉は頭を下げた。

「よく来てくれました。その節は、世話になりました」

まずそう言った。生麦沖でのことを口にしていた。

そして将軍家への献上について問われた。卯吉は、そのままを伝えた。吉右衛門に隠し事をするつもりはなかった。

「品は揃いますか」

気になるのは、そこらしかった。卯吉は坂口屋の灘剣を守るために、稲飛が積まれた船から離れた。

「精いっぱい、集めるばかりです」

武蔵屋の様子や酒の集まり具合、お結衣から聞いた大西酒造からの返事待ちについてなども話した。

「小売りは、この際に一儲けしようと考えているからな。銀十匁程度では動かないだろう、お丹も吝《しわ》いな」

吉右衛門はため息を吐《つ》いた。やる以上は、銭金を惜しんではいけないと言いたいらしかった。

卯吉も同じ考えだが、武蔵屋の者として「はい」とは言いにくかった。

「それくらい、武蔵屋の内証《ないしょう》は厳しいということか」

と呟《つぶや》いた。ぎりぎりで商いをしている武蔵屋の内情を、覗《のぞ》かれた気がした。

「大西酒造の話は、どうか」

これについては、返答のしようがなかった。

「吉報があればいいのですが」

と言うしかなかった。

「それがうまくいかなければ、献上は無理だぞ」

吉右衛門はきっぱりと言った。もっともな話だが、何であれやるしかないと卯吉は考えていた。お結衣にも、励まされた。その言葉は耳に残っている。

「お丹も甘いが、市郎兵衛は見栄《みえ》を張ろうとするばかりで話にならない。あれは駄目《だめ》だな」

苦々しい顔で言った。切り捨てている言い方だ。形の上では養女の亭主だが、向ける目は冷ややかだ。

囲っている女の腹に子ができた。武蔵屋へ何かを言ってくるわけでもないし、ここで口に出す気配もないが、知っているのではないかと思った。

妾宅《しょうたく》前で見かけて以来、小菊のことを注視しているが、表向き変わったところはない。吉右衛門と小菊は、そのことについて話し合ったのか。それも気になったが、問いかけることはできなかった。

吉右衛門は、卯吉に茶を飲み菓子を食べるように勧めてきた。膝《ひざ》の前にあっても、手を出せなかった。

「はあ」

練羊羹を、添えてあるつま楊枝《ようじ》に刺して、口に運んだ。小僧に出てからは、叔父の大和屋へ行ったときに何度か食べさせてもらったが、武蔵屋で出された記憶はなかった。

甘さが口中に広がったが、取り立てておいしいとは感じなかった。味がよく分からない。話の内容が、楽しいものではないからだ。

茶はだいぶ冷めていた。

食べている途中で、吉右衛門は話を再開させた。

「このまま行けば、稲飛は献上できず、武蔵屋は笑いものになる。仮に今回はうまくいっても、市郎兵衛や次郎兵衛があれでは、武蔵屋は続かない」

卯吉は、口の中の練羊羹を呑み込んだ。喉《のど》につかえそうだった。否定はできない。

卯吉も実感しているところだ。

「武蔵屋が生き残る道は一つしかない」

決めつけるような言い方だ。

「ど、どうすればよいのでしょう」

これはぜひとも聞いておきたかった。武蔵屋を守れという言葉は、父の先代市郎兵衛にも大番頭だった吉之助にも言われた。

それがあるから、今の暮らしがある。

「芝の分家を閉じ、次郎兵衛を武蔵屋から切り離す。本家の市郎兵衛は隠居をさせ、お丹共々商いから手を引かせる。そして卯吉さん、あんたが主人になって商いをしてゆく。それしかありませんよ」

「ええっ」

あまりに大胆な言葉で、腰を抜かしそうになった。しかし自分が主人になること以外は、的外れな意見だとは感じなかった。

「武蔵屋は泥船だ」

と言った手代がいた。

「いや、それは」

何であれ、あり得ない話だった。また卯吉自身も、腹違いとはいえ血の繋《つな》がった二人の兄を追い払う気持ちはなかった。

「武蔵屋の暖簾を守るとしたらどうすべきか、そういうところで言っています。大和屋の勘十郎さんなど、賛同する縁者はいると思いますよ」

「まさか。私のような者が」

へりくだったわけではない。本当にそう思った。

吉右衛門はゆっくり、首を横に振った。

「卯吉さん、あなたは先代市郎兵衛さんの血を引いた三男であることは間違いない。武蔵屋を継いでも、誰もおかしいとは思いません。むしろ今の扱いの方が、理不尽だと多くの人たちは感じています」

と言われて、声が出なくなった。

ここまでのことは、叔父の勘十郎にも言われたことがなかった。

お丹や市郎兵衛を差し置いて主人になりたいとは思わないが、武蔵屋で商いの腕を振るいたい気持ちは大きい。いつかそうなってやるという決意があるから、今を過ごしていられるのだった。

「でもまあ、卯吉さんにはお丹さんや市郎兵衛さんを追い出すことはできないでしょうね」

ここで二人を、初めて「さん」付けで呼んだ。それで卯吉は気がついた。吉右衛門は、これまでは下り酒商いに生きる個人として話をしていたのだということをである。「さん」をつけたら、同業の問屋の主人となる。

「そ、そうですね」

どこかどぎまぎしながら、卯吉は答えた。

「そこでだ。考えてもらいたいことが、あるんですよ」

吉右衛門は片膝を乗り出した。好意の眼差しだが、それだけではない。商人としてのしたたかさも感じた。

「卯吉さん、あんた武蔵屋に見切りをつけて、うちへ来ませんか。稲飛を仕入れ、小売り店に売れる品として根付かせた手腕は見事なものだった。あれがなければ、武蔵屋はもっと追い詰められていた」

「…………」

息苦しいほどの気持ちで、卯吉は今の言葉を聞いた。吉右衛門が自分を呼び出した最大の意図は、これだと気がついた。武蔵屋にいても、商いの力は発揮できない。お丹や市郎兵衛を追い出すこともできない。それらをはっきりさせたところで、話を持ち出してきたのである。

しかも商人としての力を充分に認めた上で、話をしてきていた。認めてくれる人のもとで仕事ができるのは、何よりの喜びだ。

返答ができない卯吉にかまわず、吉右衛門は続けた。

「坂口屋では、番頭として受け入れよう。仕入れでも売りでも、卯吉さんが満足のゆく商いをしてもらう。うちならば、商人としての力を伸ばすことができる」

体の芯《しん》が、ぞくっと震えた。またとない話だ。これ以上の好条件はない。

「ありがとうございます」

下げた頭が、上げられなかった。どくどくと震える心の臓は、今にも破裂しそうだ。けれども父や吉之助からは、店を守れと言われている。「はい」とは言えなかった。

吉右衛門は、答えを急《せ》かせたわけではなかった。父とは昵懇《じっこん》だった。

「考えてみなさい」

返答ができないでいると、吉右衛門はそう言った。

三

それから三日の間、卯吉は気力を持って顧客のもとを訪ねた。売るのとは反対の仕事だったが、気迫は持っているつもりだった。

お結衣に励まされたが、卯吉の心を占めているのはそれだけではなかった。吉右衛門に、坂口屋へ来いと言われたことが大きかった。

武蔵屋を出るつもりはないが、自分の気持ちを支えていた。

それでも、酒樽の返却はままならなかった。三日の間で受け取れたのは二樽で、これまでで三十一樽に留まっていた。

小売りは手放さないだろうと言った吉右衛門の予想は当たった。

日本橋南茅場町《みなみかやばちょう》から霊岸島に入った橋の袂《たもと》で、卯吉は播磨屋の番頭辰之助とばったり会った。

「卯吉さん、商いに精が出ますね」

と声をかけてきた。口元に笑みがある。献上の酒の一番は稲飛に譲ったが、悔し気《くやげ》な気配は感じなかった。

さっぱりした気持ちなのか、稲飛は百樽集められないと踏んでいるからなのか、その見当はつかなかった。傍《かたわ》らには用心棒の杉崎がいて、これは仏頂面のままだった。一瞥《いちべつ》も寄こさなかった。

「お互い、いい商いをいたしましょう」

話があって声掛けしてきたのではない。同業としての、挨拶《あいさつ》をしたのである。屈託のない表情だと思った。

そしてすれ違ったところで、今度は寅吉と出会った。霊岸島《れいがんじま》は狭い。

寅吉は、冷めた眼差しで辰之助と杉崎の後ろ姿を見送った。

「辰之助のやつは、献上の酒は鳳寿と決まったような口ぶりで商いをじているぞ」

と言った。土地の岡っ引きとして、下り酒問屋の者とは関わりが多い。いろいろなことが、耳に入るらしかった。

「今、新川河岸界隈《かいわい》で噂《うわさ》になっているのは、武蔵屋が稲飛百樽を集められるかどうかということだ」

寅吉は言った。集まる集まらないで、賭《か》けの材料にしている者もいるそうな。問屋の手代や人足たちだ。

「ふざけた話だな」

不快感があった。寅吉は、かまわず続けた。

「集められないと見込んでいる者が、六割から七割いるぞ」

集められないと見込んだ小売りは、鳳寿を仕入れ始めたという。鳳寿は、すでに充分な量を仕入れられていると聞いていた。

稲飛の代わりの献上品になる可能性は大きい。辰之助が見せたゆとりは、そのあたりからきているものと察しられた。

忌々《いまいま》しいと思わないわけではないが、今日までの店廻りの結果を顧《かえり》みると、間違った判断だとは言えなかった。

「鳳寿は、さらに灘《なだ》から仕入れるらしいぞ」

寅吉も、面白くない口調だった。鳳寿は、大きな酒造の品だから、注文すれば手に入れることができる。

「そこでだがな」

卯吉が、さらに腹立たしい顔になって言った。

「稲飛を仕入れている小売りは、ぎりぎりの高値になったところで手放すのではないかと、そういう噂もある」

「百樽が集まらず献上がないとなれば、値は一気に下がるからな」

「まあ、そういうことだ。商人なんて、あからさまなものだな」

寅吉は嘲笑《あざわら》うように言ったが、商人の動きとしては、取り立てて酷《ひど》いとは思わなかった。

売りが出たところで、こちらが買う手もあると卯吉は考えた。ただそのためには金《きん》子《す》がいる。

将軍家に献上する祝酒《いわいざけ》が稲飛に決まったが、納品にはまだ十日ほどがある。卯吉から稲飛の集まり具合を聞くたびに、まだまだ分からないぞと茂助は考えた。

新川河岸の問屋や仕入れる小売りの者たちも同じ予想で、鳳寿の売り上げは目に見えて伸びていた。話題にもなっている。

「気に入らぬな」

と茂助が不快感を持っているのは、播磨屋の辰之助が、献上の酒が鳳寿になると決まったように話して商いをしていることだった。貫井屋の夢力の件では決着がついたが、卯吉も関わっているから、この件からまだ離れることはできないと考えていた。今のところは何もないが、状況によっては何かあるかもしれない。だから辰之助の動きについては、目を向けていた。

口では都合のよいことを言っているが、楽観はしていないだろう。武蔵屋が稲飛百樽を集められそうになったら、何を企むか知れたものではない。

月が変わって、朝夕は肌寒く感じることもある。中秋の観月を楽しみにする声も聞かれるようになった。

「辰之助さんは、自分から好んで酒を飲むという方ではありませんでしたが、先月の末あたりから飲んで帰ることが目につくようになりました」

町の木戸番が言った。新川河岸の周辺にも酒を飲ませる店は少なからずあるが、そこではあまり飲んではいない。霊岸島の外で飲んでくるらしかった。

「でも、こそこそした様子はありませんよ」

接客か自分の趣向で飲むのであって、悪巧《わるだく》みをしているようには見えないということだ。

茂助はその話を卯吉にした。すると珍しく、桑造を話題にした。

「あの人も、ここのところ外で飲んでくる夜が多くなりました」

とはいえ、酒好きの桑造は前から外に飲みに行くことはままあった。ただこれまではおおむね近場で飲んでいたが、近頃は霊岸島で飲まなくなった。

「店の手代たちが話しているのを耳にしました。どこへ行っているかは、親しくしている者にも話さないようです」

辰之助の話を聞いて、卯吉は桑造を思い出したらしかった。

「二人は、繋がるのか」

「それはないでしょうが」

播磨屋とは敵対しているわけではないが、武蔵屋とは親しい間柄にはない。

「酔うほどに、飲んでくるのか」

「いえ。酒に飲まれる人ではありません。酒は好きでも、酒商人として飲む人の様子を見たいという気持ちもあると思います」

お丹や市郎兵衛のご機嫌取りをしているが、酒商人として無能ではないと言っていた。

茂助は辰之助が誰と飲むのか、相手を探ってみようと考えた。この日も暮れ六つの鐘が鳴る頃、店を出た。その後ろをつけた。

新川河岸を西の端まで行き、新堀川の手前まで行く。今夜も、霊岸島の外で飲むらしかった。霊岸橋を渡った。茂助も渡ろうとしたとき、行く手を遮《さえぎ》る者が現れた。

播磨屋の用心棒杉崎だった。

茂助が進むのを明らかに邪魔していたが、絡んでくるわけではなかった。睨みつけてくるわけでもない。無表情なまま、行く手に立っていた。

そして辰之助が宵闇《よいやみ》に紛《まぎ》れた頃、何事もなかったように立ち去って行った。

「つけさせなくしたわけだな」

茂助は呟いた。そして翌日も、その翌日も、辰之助の夕刻からの外出はなくなった。

「桑造さんは、昨夜も店を閉じた後出て行きました」

卯吉は言った。辰之助と桑造が一緒に酒を飲んでいると考えるのには、無理がありそうだった。

四

大西酒造からの返信がいつ着くのか、卯吉はそれが気になってならなかった。稲飛は吉右衛門の予言通り集まらない。上灘《かみなだ》から運ばれる酒がなければ、献上はあきらめなくてはならないと考えていた。

だから日に一度は、卯吉は今津屋に顔を出した。返信があれば、武蔵屋に知らせがあるはずだが、それを待ってはいられない。少しでも早く知りたいからだが、出向くのはそれだけではなかった。

「まだですよ」

申し訳なさそうな顔でお結衣がいい、団子《だんご》や饅頭《まんじゅう》などでもてなし励ましてくれる。酒は集まらず、納品の日まで後十日を切った。どうにか三十四樽になったが、それ以上はどうにもならないところへきていた。

「何をぼやぼやしているんだ。やる気があるのか」

とお丹や市郎兵衛が毎日のように発破《はっぱ》をかけてくる。武蔵屋は、卯吉にとって日ごとに居にくい場所になった。前にもましてだ。それに比べると、今津屋は違う。団子や饅頭も嬉しいが、お結衣が励ましてくれるのはありがたかった。

窮状を踏まえた上で、東三郎やお結衣は接してくれる。卯吉にしてみれば、唯一の息を抜ける場所だった。

出された団子を食べた卯吉が茶を啜《すす》っていると、お結衣が思いがけないことを口にした。

「稲飛が、倍の値で売れたという話を聞きました」

「まさか」

これは魂消《たまげ》た。耳を疑った。いくら何でもという気持ちだ。ご府内を巡る、荷運びの船頭が聞いてきたのである。

「何でも、やって来た客が、その値をつけて持ち帰ったのだそうです」

「どこの店ですか」

「日本橋小舟町《こぶなちょう》の伊吹屋《いぶきや》さんです」

伊吹屋には、二十五樽を卸していた。そして数日前に行ったときには、在庫はないと断られた。

買ったのが何者かまでは、船頭は分からない。

一度仕入れた酒を、いくらで売ろうと小売りの勝手だ。しかし通常の倍となると、穏やかではない。買う方も、どうかしている。いくら何でも、やり過ぎだ。

小売りでは、その値にさらに利を乗せる。それで売れるのか。そこまでの品ではないと卯吉は感じる。

「なぜそんなことをするのか」

得心がいかなかった。

真偽のほどを、寅吉に調べてもらうことにした。

卯吉から頼まれた寅吉は、小舟町の伊吹屋へ行った。番頭や手代ではなく、店の前の道で水を撒《ま》いていた小僧に問いかけた。

まずは大雑把《おおざっぱ》なところだけでも、訊《き》いておくつもりだ。

事件としてではなく、面白い話を耳にしたという尋ね方だ。とはいえ、腰には房のない十手を差しこんでいる。

「へい、昨日のことです。そのお客さんは、いきなりやって来ました」

初めて見る客で、いきなり稲飛を指定してきたそうな。年恰好《かっこう》を訊くと、三十歳くらいで、どこかの番頭ではないかと小僧は答えた。高い値をつけた割には、金持ちには見えなかったと付け足した。

「いきなり、倍の値をつけてきたのか」

「いいえ。相手をした番頭さんは、初め品切れだと言いました。お客さんはそれを聞いても帰らないで、倍の値段をつけてきたんです」

伊吹屋がつけた値ではないことになる。

「それで売ることにしたわけだな」

「はい」

やや困った顔になって言った。値につられて手放したと、小僧なりに感じたからだろう。店としては、それ以上の値では売れないと判断したのだ。

「買い入れた者は、名乗らなかったのか。今後の商いのこととか話さなかったのか」

小売りの店とは限らないと考えた。料理屋かもしれないし、珍しもの好きの客への進物にするつもりだったかもしれない。

「ただ二樽を買って行っただけです。番頭さんは尋ねたんですが、お客さんは言いませんでした。その酒を売ってしまえば終わりの客ですから、こちらもそれ以上は訊きません」

伊吹屋が、稲飛を扱っていると知った上で、やって来た者だ。

そこで寅吉は、他にもそういう店がないか調べてみることにした。卯吉からは、稲飛を扱っていた店の名を記した紙を受け取っている。

主人や番頭では、訊いても隠す虞《おそれ》があるので、できるだけ小僧に問いかけることにした。店の外で、一人でいるところで声掛けをする。

最初の三軒は、そういう客は来ていないと言った。もちろん稲飛を求める者はいるが、倍の値段などつけてはこない。

「そういえば」

四軒目に訊いた小僧が、倍の値をつける客が来たと応じた。

「驚きました。でもうちには、稲飛はなかったので売りようがありませんでした」

現れた客の見た目は、伊吹屋へ現れた者と同じだった。

そして次の店でも、一樽を倍の値で買い入れる者が現れていた。買った人物の外見は、来たと言った二つの店に現れた者と同じだと思われた。

「何者か」

そこをはっきりさせたい。播磨屋の喜兵衛でも辰之助でもなかった。他の奉公人とも思えない。

「武蔵屋の手に、稲飛が入り難くさせているのは明らかだぞ」

寅吉は、稲飛を仕入れていて、まだ謎の男が買いにきていない店を見張ることにした。武蔵屋に悪意を持っているなら、またやるだろうと考えた。

楓川《もみじがわ》河岸にある店だ。相当数の在庫があるはずだと卯吉が告げた店で、まだ男が現れていないことを小僧に確認した。

いつ現れるか分からないが、来るならばそう間は開けないだろうと予想した。岡っ引きだから、見張りは慣れている。

暑い寒いの時節ではないから、苦痛とは感じない。

そして一刻半ほどした頃、三十歳前後の、中どころの店の番頭といった気配の男が現れた。入口の近くまで行って、様子を窺《うかが》う。

相手をしているのは、初めは番頭だったが、主人が現れた。やり取りの声は聞こえないが、客は何か言っている。喧嘩《けんか》腰ではないが、執拗《しつよう》な印象だった。

「では、そうしましょう」

というようなことを口にして、番頭が立ち上がった。窺っていると、客は懐《ふところ》から巾着《きんちゃく》を取り出した。売買の話し合いが、ついたらしかった。

何か命じられた小僧は、店の奥へ行った。そして何人かの小僧によって、酒樽が運び出されてきた。

「おおっ」

その酒樽を目にして、寅吉は小さな声を上げた。稲飛だったからだ。二樽だった。

小僧たちは、樽を担《にな》って河岸に出た。そして近くの船着き場まで運んだ。そこには小舟が用意されていた。買いに来た男が、その小舟でここまで来たらしかった。船頭などはいない。

二樽が積み込まれ、男が乗ると艫綱《ともづな》が外された。自らが艪《ろ》を握って、川面《かわも》を漕《こ》ぎ出して行った。それだけを見れば、取り立てての風景ではない。

追いかけたかったが、船着場に他の舟は停まっていない。都合よく通りかかる荷船もなかった。

寅吉は河岸の道を走って、去って行く小舟を追った。しかしそのとき、いきなり横手から現れた者にぶつかられた。予期しないことだったから、避けられなかった。

相手は、追いかけるのを邪魔するつもりで、腰を入れてぶつかってきていた。寅吉は不覚にも、尻餅《しりもち》をついた。

手をつく暇もなくて、尻の骨が直《じか》に地べたに当たった。痛みが全身を駆け巡った。すぐには立ち上がれない。

ぶつかって来たのは、深編笠を被《かぶ》った浪人者だった。それは杉崎ではないかと思ったが、確かめることはできない。そのまま、反対の方向へ駆けて行った。

「くそっ」

ようやく立ち上がった寅吉は、侍ではなく酒樽を積んだ小舟に目をやった。すでに日本橋川近くまで行っていた。

五

土手から身を乗り出して、今にも姿が消えてゆこうとする小舟に、寅吉は目をやった。

「もう追いかけられない」

と考えると、口惜《くちお》しさが増した。せっかく目の前に現れた、不審の徒だった。尻の痛みが、まだ残っていた。

しかしすぐ近くから、声をかけてくる者がいた。

「寅吉さん、どうしたんですかい」

目の前三間先に、炭俵を積んだ平底船が停まっていた。船頭が声をかけてきたのである。

「えっ」

と思って目を向けると、今津屋の元船頭で、今は自分の船で荷運びをしている惣太《そうた》だった。尋常ではなかったはずの寅吉の顔を、案じ顔で見つめていた。

惣太は今年の春嵐の折に、永代橋《えいたいばし》で卯吉や寅吉に命を助けられている。

「つけたいやつが、いるんだ」

寅吉は指差しをした。

「じゃあ、乗ってくださいな」

惣太は荷運びの途中らしかったが、そう言った。寅吉は、船着場へ移るのももどかしく、土手の石垣を下りて、荷船に乗り移った。

船体はそれと同時に、日本橋川方面へ滑り出していた。炭俵を積んだ平底船は、酒樽を積んだ船を追いかけた。

日本橋川まで出たとき、周囲に見えたのは空の荷船だ。もちろん荷を積んだ船もあったが、すでに夕暮れどきである。仕事を終えた船が多かった。

寅吉は、必死の思いで消えた方向に目を凝《こ》らす。

「おお、あれだ」

箱崎川《はこざきがわ》に入って行く、四斗樽二つを積んだ小舟を目に留めた。西空に沈みかけた赤い夕陽が、船影を照らしている。

「よし。追いかけよう」

惣太が、握っていた艪に力を入れた。荷は積んだままだが、気にしない。

酒樽を積んだ小舟は、大川へ出ようとしていた。惣太は手を休ませない。艪が軋《きし》み音を立てた。

寅吉は、酒樽を追うわけを話した。積まれた荷は稲飛で、将軍家への献上の予定になっているが、荷が集まらないこと。そんな中で、倍値で仕入れた者がいて、それが先を行く小舟だと伝えた。

「なるほど。卯吉さんにとっても、そのままにはできない話ですね。ならば荷運びは、後回しにしましょう」

惣太はそう言った。小舟はどこへ行くか、漕いでいるのは誰か、それを確かめることにした。

大川に出た小舟は、川上には向かわず東河岸へと進んだ。日が落ちかかって、じきに暗くなる。見失ったら終わりだから、船との間を惣太は縮めた。艪の腕前は、確かだった。

船体が、上下に揺れた。

小舟は仙台堀《せんだいぼり》へ入った。止まることもなく、そのまま真っ直ぐな堀を東に向かって行く。吹き抜ける川風は冷たいが、汗が噴き出る。寅吉は息苦しいくらいだった。

小舟が止まったのは、もうじき木置場に出るぞと思われる頃だった。仙台堀の南河岸である。

「このあたりは、冬木町《ふゆきちょう》ですね」

惣太が言った。商売柄、江戸の水辺には詳《くわ》しい。

男は小舟を船着き場に横付けすると、艫綱を結んだ。そして河岸に出て、小僧を一人連れてきた。酒樽を、下したのである。

二人で、河岸の道へ運んだ。

このとき寅吉と惣太は、一つ手前の船着き場で平底船を下りて、河岸に上がっていた。鄙《ひな》びた家並みが続いている。その中で、一軒だけ明かりが灯《とも》っている商家があった。

軒下にある看板に屋号が記されている。『銘酒商い　下総屋《しもうさや》』と読めた。天井が低い、間口三軒の店だ。

運び上げられた稲飛二樽は、この店が買入れたのだと分かった。寅吉と惣太は、闇に紛れて、店の傍《そば》まで寄った。中の様子が見えた。

「稲飛が、売られていますよ」

押し殺した声で、惣太が言った。しかしその声には、興奮が交っている。

「値が記されているぞ」

樽に、値を記した紙が貼られていた。寅吉は目を凝らした。文字を読んで、覚えず大きな声が出そうになった。全身の血が騒いでいる。

日本橋や京橋で売られている値よりも、一割がた安い値だった。

「な、何ということだ」

すでに値上がりをした市価の倍で買い入れて、ここではその一割引きで売ってい

る。これではもう商いとは言えない。

寅吉は自身番《じしんばん》へ行って、下総屋について尋ねた。主人は与兵衛《よへえ》という、親の代から

酒の小売りをしている店だった。

「下り酒も置いていますが、値が張りますのでね。おおむねは下総の地廻り酒を扱っ

ています」

近隣の住人が、一升や五合の貸徳利《かしどつくり》で求めて行く。

「下灘の、稲飛を置いているじゃねえか」

「ええ、二、三日前から売り出しました。私たちも、驚きました」

詰めていた大家は言った。

「下総屋は、このあたりでは金持ちか」

たとえどれほどの分限者《ぶげんしゃ》でも、おかしな遣《や》り口《くち》だと思いながら訊いている。

「それほどではないと、思いますが」

ではなぜ、このような馬鹿げたことをしているのか。得心がいかない。いくらで仕入れ、いくらで売ろうと、店の勝手だ。御法を犯したわけではないから、捕らえてとっちめるわけにはいかない。

二人はここまで確かめてから、平底船で引き返した。


寅吉から話を聞いた卯吉は、翌朝茂助を伴って冬木町の下総屋へ行った。案内をしたのは寅吉だ。店には稲飛が積まれていた。他の酒は、どれも地廻りの安酒ばかりだ。店の奥には、主人の与兵衛がいた。

黙って買い取る手もあったが、まずは裏で糸を引く者をはっきりさせたかった。与兵衛が独断でしていることとは思えない。

「播磨屋の外には考えられないが、確かめなくてはなるまい」

茂助は言った。二人で、店の敷居を跨《また》いだ。

「霊岸島新川河岸の武蔵屋からやって来た者だ」

と卯吉が告げると、一瞬びくりとした顔になった。しかしすぐに、「何が悪い」という表情になった。

「稲飛を上灘から仕入れたのが武蔵屋さんだというのは、存じていますよ。まことによい酒でございます。私はそのよい酒を、たくさんの方に飲んでいただきたいと思って仕入れました」

白々しい口ぶりだ。

「法外な値段で仕入れてか。日本橋小舟町の伊吹屋を初めとする武蔵屋から仕入れた店で、あんたは倍の値で買い取った。そういうことを調べた上で、我らはここへ来ている」

そう告げると、急に自信のない顔になった。

「誰に頼まれたのか。金を出してあんたに頼んだ者がいるはずだ。それを話してもらおうじゃあないか」

卯吉は迫った。寅吉は腰の十手に手を添えながら、与兵衛を睨みつけている。

「い、いや。誰にも頼まれては、いませんよ」

そわそわした様子で言った。

ここで茂助が、錫杖《しやくじよう》を鳴らした。今日はいつもと同じ白い狩衣《かりぎぬ》姿で、黒烏帽子《くろえぼし》を頭につけている。

与兵衛は、はっとした顔を茂助に向けた。

茂助は次に、太珠の数珠《じゆず》を鳴らした。高い音だ。そして野太い声で、ひとしきり読《ど》経《きょう》の声を上げた。朗々と続く音声《おんじょう》には威圧する迫力があって、与兵衛は終わるまで身じろぎもできなかった。

　読経が済むと、茂助は重々しい口調で告げた。

「この店には、凶兆が現れておる」

　疑うことのない、断定した言い方だ。与兵衛の顔に、怯《おび》えが走ったのが分かった。後ろめたさがあるからだ。

「このまま稲飛を売れば、武蔵屋の将軍家への献上はできなくなる。貴《たっと》い献上を妨げた店となれば、界隈では噂になるぞ。捕らえられることはなくとも、人は寄らなくなる。下総屋にとっては、衰退への道筋になるであろう」

　茂助は脅《おど》した。与兵衛は、背筋を震わせた。

「そうだ。目先の少しばかりの金子のために、店を傾かせては先代が泣くぞ」

　被せるように、寅吉が続けた。

「は、はい」

　これで与兵衛から、体の力が抜けた。播磨屋の辰之助から金を受け取り、稲飛を買ったことを白状した。

「倍の値の金子は、いただきました。でも酒はうちで売って、代もこちらでもらうという話でした」

与兵衛にとっては、うまい話だった。買い取っていたのは四樽で、その内一樽は半分以上売ってしまっていた。

「これで播磨屋が、武蔵屋の献上を邪魔していることがはっきりしましたね」

怒りと、負けてなるものかという気持ちが、卯吉の胸に湧《わ》いた。商人の、意地といってもいいようなものだった。

「しかしな、播磨屋は相模屋のように御法に触れるような真似《まね》はしておらぬ。喜兵衛も辰之助も、手強《てごわ》いぞ」

茂助が言った。

六

下総屋から、卯吉は三樽を引き取った。通常の価格で、一割増しにもしていないし、銀十匁も与えなかった。与兵衛には、苦情を言わせなかった。

「もう、二度とやりません」

と告げた。

与兵衛は、辰之助にこのことを伝えると言った。気は重そうだったが、「己が蒔《ま》いた種は、己で刈り取らねばなるまい」茂助が命じた。

卯吉は、喜兵衛や辰之助とは一切関わらない。ただおまえたちの企《たくら》みは知っているぞ、という姿勢だ。

翌日の昼近く、卯吉は新川河岸の道で喜兵衛とすれ違った。卯吉の方から頭を下げると、喜兵衛は笑顔を浮かべて答礼をした。しかしそれだけだった。話を聞いていないはずはないが、素知《そし》らぬ顔だ。互いに何も言わない。

与兵衛に買わせて、武蔵屋が手に入れられる数を減らそうとした。他の者にも、やらせているかもしれない。茂助は、それを調べてみると話していた。

「また何か企むぞ」

卯吉だけでなく、茂助も寅吉もそう思っていた。

店裏の酒蔵に入って、稲飛の数を検《あらた》める。一樽でさえ拝むようにして集め、下総屋の三樽も含めて、三十七樽というのが現状だった。

「引き取りはどうなったか」

お丹や市郎兵衛から、毎日のように言われる。満足に品が集まらない苛立《いらだ》ちと焦《あせ》りを、卯吉に向けてくるのだ。それも煩《わずら》わしかった。

何度数えても、三十七樽が変わるわけでもない。

「ふう」

とため息を吐いて酒蔵を出ると、明るい花柄の着物の幼い女の子が立っていた。卯吉を見詰めている。六歳になるおたえだ。目のあたりが、父親の市郎兵衛やお丹の面影があった。他に人はいなかった。

「これ、どーぞ」

と言って、広げた小さな掌《てのひら》を差し出した。何かと目をやると、載っているのは落《らく》雁《がん》だった。卯吉にくれるということらしい。おたえの口元には、恥ずかし気な笑みがある。

少し面食らった。

もともとおたえは、卯吉を奉公人としては見ていない気配があった。それは小菊が、そう教えているからかもしれない。

躊躇《ためら》っていると、掌をさらに前に出した。

「あーん」

と言われて、卯吉はしゃがんだ。目の高さを合わせて、口を開いた。

おたえはその口に、落雁を入れてよこした。

「甘い。これはおいしい」

卯吉がおたえの頭を撫《な》でた。それでおたえは、にっこりと笑った。卯吉が喜んだと分かったからだろう。

そのまま、台所口の方へ駆けて行った。その後姿を、愛らしく思いながら卯吉は眺めた。

おそらくどこかから、落雁を貰った。それをお裾《すそ》分けしたわけだが、そこには小菊の心遣《こころづか》いが混じっていると感じた。

毎日顔を合わせるが、話をする機会はないままだ。松枝町の妾宅を見ていた横顔が脳裏から消えないが、その後どのように思っているのか見当もつかない。

武蔵屋で危うい状態で過ごしているのは、自分だけではなかった。「うちへ来い」と言ってくれたのは、小菊の義父である坂口屋吉右衛門である。その声も、耳に残っている。

口の中に、落雁の甘さが残った。

外廻りを済ませた卯吉が武蔵屋へ戻ると、険しい顔をした市郎兵衛が帳場で待っていた。苛々している様子だった。

「一樽も引き取れないくせに、遅いじゃないか」

顔を見るなり言われた。引き取るために遅くなったのだが、それを分かってもらおうとは、今は思わない。言いたければ言えばいい。

市郎兵衛はさらに続けた。

「東三郎は、分からない男だ」

次は今津屋を罵《ののし》った。何を言いたいのかと黙って聞いていると、西宮から樽廻船が着いたことが分かった。その船には、大西酒造が稲飛を追加で送れるかどうかの返事が託されているはずだった。

卯吉はそれを、お丹や市郎兵衛には話していなかった。だが大西酒造から文が来ていると、乗り込んで来た水夫が誰かに話し、それを伝え聞いたらしかった。よほど気になったのだろう、市郎兵衛は今津屋へ自ら受け取りに出かけた。

「大西酒造からの書状は、卯吉さん宛《あ》てのものです。他の人にはいくら旦那《だんな》さんでも、お渡しできません」

東三郎は、そう言ったらしかった。卯吉は奉公人だし、稲飛の話には違いないので、市郎兵衛は受け取ろうとしたのである。

勝手な動きをして卯吉を認めないお丹や市郎兵衛に対する不満が、東三郎にはあるらしかった。何を言われても、手渡さなかった。

ともあれ卯吉は、今津屋へ急いだ。卯吉も、今か今かと待っていた。

「これですよ」

東三郎は、油紙に包まれた書状を差し出した。早速、紙を広げた。断りの内容ならば、献上の話はこれでなくなる。差出人は、番頭の庄助だった。

卯吉は、文字を目で追う。心《しん》の臓《ぞう》が、きりりと痛くなった。

「蔵元にも、すでに在庫はなくなっていたそうです。ですがたっての頼みということで、庄助さんは五十樽を集めてくれたそうです。調《ととの》い次第、送るということです」

湧き上がる興奮を抑えながら、卯吉は言った。十五日くらいまでには、江戸に着くだろうと伝えてきていた。

海路による輸送は、風の向きや潮の流れに左右される。それを踏まえた上で伝えてきた日にちだと考えられた。

よほどの荒天がない限り、二十日の納品に間に合うはずだった。

庄助は、迅速《じんそく》に動いてくれた。また短期日に集められるのは、さすがに地元だと思われた。

「この文の様子ならば、荷船はすでに向こうを出ていますよ」

ほっとした顔で東三郎は言った。生麦沖で百樽を失った経緯に関わっているから、気になっていたのだろう。

市郎兵衛が腹を立てていることなど、歯牙《しが》にもかけていなかった。

「あと少しです。これで献上ができると、誰もが考えるでしょう。そうなれば、酒は集めやすいのではないですか」

お結衣は、嬉しさをそのまま顔に出して言った。我がことのように喜んでくれていた。卯吉も、その言葉には頷いた。

すぐに武蔵屋へ戻った。

店の帳場には、市郎兵衛や乙兵衛だけでなくお丹の姿もあった。早速卯吉は、書状の内容をお丹らに伝えた。

一同の表情が、一瞬で変わった。小僧に至るまで、聞き耳を立てていた。卯吉に押し付けていても、すべての者は稲飛の献上がどうなるか見詰めている。

「そうか。ならばあと十三樽だな」

市郎兵衛の声が弾んでいた。お丹も、ほっとした顔で頷いた。とはいえ、卯吉に笑顔を向けたわけではない。

そして市郎兵衛が続けた。

「よし。これで卯吉は、もう稲飛に関わらなくていい。後はすべて、私がやるからね」

東三郎に腹を立てていた市郎兵衛は、卯吉にあたった。

ここまでくれば、自分でもどうにかなる。そのままやらせて献上がなったとき、手柄は卯吉のものになる。それを嫌がったのだ。

「そうだね。それがいい。あんたは店の主人だから、それくらいのことはしなくちゃ」

お丹はいかにも満足そうな顔になって言った。乙兵衛が、困惑顔で頷いた。

第五章　芝《しば》の酒蔵

一

お丹と市郎兵衛は、分家の次郎兵衛を呼び出した。店にある稲飛を戻すように命じた。

分家からは、三樽が運ばれた。

「あんなに仕入れたのに、これだけか」

「いやあ、売れたんですよ」

市郎兵衛は不満気だったが、次郎兵衛は仕方がないという顔だった。

すでに丑松と卯吉で、六樽を持ち出している。商いを把握していなかった次郎兵衛は、それに気づいていなかった。

知らん顔をして、丑松が三樽を小僧に運ばせてきた。

これで運ばれてくる五十樽を合わせれば、九十樽が手に入ることになる。献上は、現実的なものになった。

「稲飛の献上も、迫ってきた。さあ、やりますよ。これまではなかなか集まらなかったが、これからは違います」

市郎兵衛は店《たな》にいる者すべてに聞こえる声で言った。乙兵衛から、稲飛の売買に関する綴《つづ》りを受け取っている。また一人ではなく、桑造もついてくるように命じていた。

まとまらなかった商談を、自分がまとめてくるといった口ぶりだった。

「頼もしいねえ」

お丹が、盛り立てるように言った。市郎兵衛に、手柄を立てさせたいのだ。主人とはいっても、「さすが」と言われるようなことは何一つしていない。分かっているのだろう。

供をする桑造は、無表情だった。本音を言えば、稲飛には関わりたくないはずだった。売りたい福泉を、追い越した酒だ。まして市郎兵衛と同道では、面倒な客に口をきくのは桑造の方になる。市郎兵衛がそのつもりなのは、店の者は皆気がついていた。

またうまくいっても、それは市郎兵衛が取り返したことになるのは間違いない。誰もがやりたくないだろう。

桑造は、卯吉を無視したままだ。

卯吉は売れ残っている宮錦を売るように命じられていた。

向かう先は、顧客ではない。付き合いのない小売り酒屋や煮売り酒屋、居酒屋などである。

「新川河岸《しんかわがし》の武蔵屋から参りました」

敷居《しきい》を跨《また》いで告げると、追い返されることはない。けれども、好意的に迎えられるわけでもなかった。好奇の目を向けられる。

「酒も揃《そろ》って、いよいよ将軍様にお酒を納めるわけですね」

話が伝わるのは速かった。初めて会った相手でも、稲飛が樽廻船《たるかいせん》で届くことを知っていた。

「ええ、お陰様で」

笑顔で返す。宮錦については、試飲もさせた。これは稲飛を売り始めたときと同じだ。

「来年、稲飛を仕入れさせていただけるならば、引き受けますよ」

という店は、三軒に一軒くらいはあった。値引きを求める者もいたが、反応は悪くなかった。献上がうまく行くと見ているからだ。

「で、品は揃ったのですか」

と問いかけてきた店もあった。運ばれてくるのは、五十樽だけだと知っているのかもしれない。

吉之助が存命だった頃は、そんなことを尋ねられるなどはなかった。今の武蔵屋を、気持ちのどこかで見縊《みくび》っている。

お丹や市郎兵衛のやり方では、先が見えていた。二人を除いて卯吉が商いをすればと、吉右衛門は言ったが、それができるわけではなかった。

歯痒《はがゆ》い思いが、卯吉にはある。

試しということで一樽仕入れてもらう約定《やくじょう》ができて、卯吉は店を出た。日本橋界隈《かいわい》である。

「卯吉さん」

と声をかけられた。坂口屋の手代尚吉だった。共に生麦沖《なまむぎ》へ行った仲だから、前よりも気安く声をかけてくるようになった。

「稲飛が、送られてくるそうじゃないか」

何とかなりそうでよかった、という口調だ。その表情が、嬉《うれ》しかった。

「まあ、そうですが」

市郎兵衛が、桑造と組んで残りの十樽を集める。桑造は、やる気がない。はたしてできるかという疑問はあったが、状況はこれまでとは比べ物にならないくらい好転している。

どうにかなるだろう、という気持ちはあった。

「その割には、冴《さ》えない顔をしている」

と言われて、否定はできなかった。不満の種は、いろいろある。不貞腐《ふてくさ》れた気持ちが皆無だとは言い切れない。

残りの十樽は、市郎兵衛と桑造が集めに行ったことを伝えた。

「大丈夫かね。市郎兵衛さんが表に出て」

尚吉は苦々しい顔をした。卯吉は、図星をさされた気がした。

「桑造さんも一緒ですから」

一応、そう返した。桑造は嫌なやつだが、商人としては、同業者から評価されている。

「しかし、あいつ前よりも、やる気をなくしているように見えるが」

ちゃんと見ているな、と思った。福泉が献上の酒から外されたときから、様子が変わった。

「あいつ、店を移るんじゃないかという噂《うわさ》がある」

尚吉は返してきた。

いきなりなので驚いたが、すぐにあり得ないことではないと感じた。そういう噂は、前にもあった。

「そんな様子が、見えないかね」

「さあ」

福泉を売ることに、前は熱意があったが今はそれほどではない。献上の可能性がなくなったからだと思っていた。

「それにしても献上にまつわる最後の詰めで、卯吉さんを外したのはいかにも料簡《りょうけん》が狭いな。先も見えていない」

どこかからかっている口調だ。卯吉に同情するというよりも、お丹や市郎兵衛を軽く見ている印象だった。

「うちの旦那《だんな》さんも、武蔵屋さんの先行きを案じておいでですね」

吉右衛門の話をして、尚吉は別れて行った。

夕刻、店廻《たなまわ》りを済ませて武蔵屋へ戻ると、お丹と市郎兵衛、それに乙兵衛が話をしていた。市郎兵衛の声が、甲高《かんだか》く聞こえた。

「まったく、どの店も先を見る目がない。どうかしていますよ」

腹を立てていた。稲飛を求めて顧客廻りをしてきたが、思惑通りにはいかなかったようだ。挨拶《あいさつ》を済ませた卯吉は、離れたところで耳を傾けた。

「こちらはわざわざ出向いてやったんだ。稲飛が献上の酒になるのは、間違いなくなった。本来なら向こうから頭を下げて、使ってくださいと言って来てもいいくらいの話だ。違いますか、番頭さん」

「そ、そうですねえ」

乙兵衛は、曖昧《あいまい》な返事をした。

「次の仕入れからは、売れるに決まっている品なんだ。今酒を出したら、次は充分な仕入れをさせると話しても、向こうは分からない。まったくどうかしているよ」

言葉には、怒りさえこもっていた。相手をした主人や番頭の名を上げて、罵《ののし》った。

話の様子では、一樽も得られなかった様子だ。

「あの店には、もう稲飛は一樽だって売ってやらない」

腹癒《はらい》せのように言った。

「桑造は、どうしていたのかね」

と問いかけたのは、お丹だった。

「桑造も、使えませんよ。あいつが何を言っても、客は気持ちを動かさない。いったい今まで、どんな付き合いをしてきたのか。あきれたもんです。あれじゃあ、私が何を言ったって、聞きませんよ」

桑造のせいにもしていた。

苛立《いらだ》ちを向けた形だが、稲飛を売ったのは、市郎兵衛と卯吉である。開拓したのは卯吉で、桑造とは縁のない店だった。それを言うなら、責められるべきは市郎兵衛自身だった。

けれどもそうした流れを、市郎兵衛は汲《く》み取れない。お丹は甘いし、乙兵衛や巳之助が諫《いさ》めることもないのが武蔵屋の不幸だった。

市郎兵衛は気が昂《たかぶ》っているから、どうしても声が大きくなっていた。桑造はこの場にはいなかったが、どこかにいれば聞こえているはずだった。

卯吉にとって桑造は嫌なやつだが、悔《くや》しい気持ちは理解できた。

二

翌日は朝から曇天で、今にも降りそうな空模様だった。風もあって、水を撒《ま》かないと土埃《つちぼこり》が舞う。

「嫌だねえ。野分《のわき》の嵐がくるんだろうか」

お丹が空を見上げた。

江戸の海はしけている。近くに見えるはずの佃島《つくだじま》が、霞《かす》んで見えた。

それでも新川河岸の一日は、いつものように始まった。卯吉は宮錦を売りに歩くが、江戸へ向かう稲飛を積んだ樽廻船の無事を祈らずにはいられなかった。

無事に届くものとして、武蔵屋はあと十樽を集めなくてはならない。市郎兵衛と桑造も、武蔵屋を出て行った。

卯吉は最初の店に行く前に、茂助に会って昨日市郎兵衛がした話を伝えた。

「そうか、一樽も手に入らなかったわけだな」

聞き終えた茂助は、愉快そうに言った。卯吉にも、ほら見ろという気持ちがないではないが、あと十樽集めなければ献上ができないのは分かっているから、落ち着かない気持ちにはなっていた。

「あいつ、上灘から五十樽が届くとなって、事はなると甘く見たのだ。それで偉そうな物言いをしたのではないか」

「…………」

いかにも、ありそうだ。見なくても、その様子が目に浮かぶ。

「小売りにだって意地はあるからな、尻尾《しっぽ》を振るとは限らない。おまえが行っていたら、出していたかもしれないぞ」

「そうでしょうか」

献上が決まれば、買い手も増えて値も上がる。出させるのは、簡単ではないと卯吉は思っていた。

「市郎兵衛は、初めから大店の若旦那で商いを始めた。店に勢いがあるうちはあれで済んだかもしれないが、今はそうではない。これで少しは変わればいいと思ったが、桑造のせいにしているようでは、駄目《だめ》だな」

断定する言い方だった。

「桑造さんは、やる気がありません」

これは卯吉の感想だが、間違ってはいない。

「もう何日か苦労をさせた方がよいが、それでは埒《らち》が明くまい」

「それはそうです」

茂助はわずかに考えるふうを見せ、さらにため息を一つついてから口を開いた。

「どうだ。陰に回って、おまえが仕入れられるように図っては」

思いがけない提案だった。

どうしてそこまでするのかという不満はあったが、気持ちを落ち着かせて考えた。駄目だと嘆いたり腹を立てたりしているばかりでは、事は進まない。期日の二十日など、すぐにやってきてしまうだろう。

「仕入れができれば、市郎兵衛の手柄になるわけだから、腹立たしいだろうがな」

「いや、それは」

いつものことだと思う。

「武蔵屋を守るには、仕方がないかもしれぬ。このままでは、十樽さえ調《ととの》えられぬ店になるぞ」

もっともな話だが、それでは市郎兵衛もお丹も変わらない。しかし急場を凌《しの》ぐ手立ては、それしかなさそうだった。

九つ（十二時）過ぎてから、卯吉はいったん店に戻ることにした。宮錦の注文を受けて、発送の支度《したく》をしなくてはならない。

相変わらず空は曇天だが、降ってくる気配はない。風が徐々におさまってきたのは、ありがたかった。

卯吉が敷居を跨ぐと、市郎兵衛が仏頂面でお丹と話をしていた。傍《かたわ》らにいる乙兵衛は、商いの綴りに目をやっている。母子のやり取りには、関わらないようにしている様子だった。

「おい、卯吉」

戻ったことに気づいた市郎兵衛が、呼びつけた。苛立った顔で、何の前置きもなく続けた。

「稲飛の調達は、これからはおまえがするんだ。小売りへ売ったのはおまえだからな。おまえが何とかするべきだ」

満身に怒りがあって、その矛先《ほこさき》をこちらに向けてきたようだ。顧客廻りをして、よほど腹に据《す》えかねることがあったらしかった。もちろん一樽でさえ、買い戻してきてはいないだろう。

何とかしなくてはならないと、茂助と話をしたばかりだった。数日苦労をさせるつもりだったが、二日ももたないで音《ね》を上げたことになる。いつかはこうなるだろうと思ったが、あまりにも早い。

桑造の姿はなかった。桑造には、続けさせるつもりらしかった。

「おい。不満でもあるのか」

卯吉は、すぐには返事ができなかった。茂助との話を思い出したからだが、市郎兵衛は気に入らないらしかった。

「いえ、それは……」

言いかけたところで、お丹が割って入った。

「卯吉。抜かりなく、やってもらいますよ」

まず、名で呼びかけられたことに仰天した。ほとんどの場合、「おまえ」か「あんた」だった。しかもいつものきつさがない。上から邪険に命じる言い方とは、明らかに異なる。頼むという口調だった。

「これは、いったい」

胸の内で呟《つぶや》いた。

傍らにいた乙兵衛も、「おやっ」という顔をした。違いに気がついたのだ。

お丹にしてみれば、市郎兵衛は役に立たず、卯吉に任せるのは腹立たしくも悔しいはずである。しかし一度嫌だと言い出したら、市郎兵衛は収まらない。

そうなれば、気に入らなくとも卯吉にやらせるしかないと覚悟をした。無念さと、弱さを感じたのである。お丹は、市郎兵衛や次郎兵衛よりも、武蔵屋が置かれている状況を分かっていた。

だからこそ、歩み寄ってきたのだ。けれども、心を許してきたのではない。それは分かっていた。

「できるだけのことを、やります」

主人にやれと命じられたら、手代は「はい」と言うしかない。卯吉にしても、捨て置けないのは確かだ。

「そうかい。よかった」

お丹は、わずかに安堵《あんど》の表情になったが、すぐに表情を引き締めた。

「ならば、さっさとお行き」

いつもの表情になって言った。市郎兵衛はそっぽを向いている。

早速《さっそく》、卯吉は市郎兵衛が廻った客のもとへ足を向けた。

「何だい。今度は卯吉さんかい。もう武蔵屋には用はないと、あの人に伝えたはずだがねえ」

最初に行った神田の店の主人は、腹を立てていた。あの人とは、言われるまでもなく市郎兵衛だ。

卯吉が長く出入りしていた店だが、今までにない冷ややかな眼差《まなざ》しを向けられた。いつもは気のいい主人で、追加の注文をいつも出してくれた。それがどうしたらこまで拗《こじ》れるか、と驚くほどの口調だった。

「いやいや。行き違いがあったようで、申し訳ありません」

「行き違いじゃあ、ありませんよ。あの人が、おかしいんです。何ですか、あの恩着せがましい言い方は」

市郎兵衛は一応は下手に出たにしても、思い通りにならず、傲慢《ごうまん》な若旦那気質が出てしまったらしかった。

「卯吉さんも知っているでしょう。うちには、もう本当にないんですよ。にもかかわらず、稲飛を出さないならば、次からは灘桜も含めて一切卸さないと言われました」

「さ、さようで」

「うちは、灘桜と稲飛を看板にして商いをしています。その弱味につけ込んできたんでしょうけどね。あれでは脅《おど》しているのも同じですよ」

市郎兵衛も、焦《あせ》っていたのは確かだ。強引にやったらしい。この店は卯吉の頼みに応じて樽の返品を応じてくれた。だからさらに、二樽や三樽は出すと踏んだらしかった。もったいをつけるなという腹にある気持ちが、態度や言葉になったのである。

しかしこの店には、本当にないと卯吉は察していた。だから商いの綴りには、その旨《むね》を記していた。市郎兵衛は目にしていたはずだが、それでも自分が出させてやると、意気込んで来たらしかった。

熱意はあったのだろうが、身についた傲岸《ごうがん》さが、思いとは反対の結果になった。新川河岸の大店老舗《しにせ》の主人相手では、絶対に見せない態度だが、小売りの主人をどこかで舐《な》めていたとも考えられた。

そういう気持ちは、必ず伝わる。市郎兵衛はそれが分かっていない。

「供をした桑造は、何か言いませんでしたか」

市郎兵衛が意地を張り始める前に、止めに入ってほしかった。そうすれば、ここまでにはならなかったのではないか。

「ああ、一緒に来た人ね。あれは、ただいただけだった。商いの邪魔だね」

間に入ることもなく、客を怒らせたまま引き上げた。卯吉が受け持つ客だからか。やる気のなさと、意地の悪さが、改めて伝わってきた。

「うちは今後、鳳寿を仕入れます。もう、来ていただかなくて結構です」

けんもほろろに追い出された。それでも卯吉は、店の外で頭を下げた。

続けて、市郎兵衛らが訪ねた店へ足を向けた。

「何ですか、あれは。献上が決まったからって、天狗《てんぐ》になっていたら商いなんかできませんよ」

次も神田界隈にある店だが、主人は腹を立てていて、姿も見せなかった。いつもならば商いのないときでも、世間話の一つや二つはした。店先にいた番頭が対応したが、不機嫌さを隠さなかった。

市郎兵衛は、ここでも同じような口ぶりでやったらしかった。前の店でしくじったら、やり方を変えてみるのが手だが、応用が利《き》かない。自分の腹立ちが先にくる。桑造も、何の役にも立っていなかった。

神田界隈で五軒を廻ったが、稲飛を集めるどころの話ではなかった。

三

その日は、市郎兵衛らの廻った店へ行ったが、怒りや苦情をぶつけられるだけで終わった。ただそれを受けるのも大事だと思うから、卯吉は堪《こら》えた。

これから先も、関わって行く客だ。

「あんなのが主人じゃあ、あんたもたいへんだ」

と同情してくれた者もいた。とはいえ、一樽も得ることはできなかった。わだかまりは、これから少しずつ解いていかなくてはならなかった。

ただそれには、日にちがない。

暮れ六つ過ぎて店に戻った卯吉は、乙兵衛にそれぞれの店の状況について伝えた。お丹や市郎兵衛は、奥に引っ込んだきり出て来ない。

「ならば、旦那さんが行っていない店で頼むしかないですね」

黙って聞いていた乙兵衛は、そう言った。もともと今日廻ったところから、樽が得られるとは考えていなかっただろう。さらに、他にも気になることがあるらしかった。

「何かありましたか」

と卯吉は尋ねてみた。

「どうも、うちの酒蔵が探られているような気がするんですよ」

乙兵衛は、そんなことを口にした。

稲飛四十樽を収めているのは、店の裏手にある酒蔵だが、その近くで不審な人足ふうの姿を見たのだという。

「小僧が気がついて、伝えられた。それで様子を見に行ったら、男が路地へ出て行くところでね。声もかけられなかった」

樽の出し入れがあるから、木戸があっても昼間は開けたままになっている。人が入ろうと思えば、障害は何もなかった。

「播磨屋の、息のかかった者でしょうか」

「大おかみも、そう考えておいでです」

小僧の話では、界隈では見かけない顔だったそうな。お丹は、さっそく錠前を頑丈《がんじょう》なものに換えたという。

「火のもとにも気をつけるようにと、おっしゃっていました」

播磨屋では、付け火があった。それを忘れてはいない。

「気をつけるに越したことはない」

乙兵衛は、万事に慎重だ。

横にいた巳之助が、口を開いた。

「五十樽が届くとなって、鳳寿の売れ行きがにわかに悪くなったとか。そんな話を聞きましたよ」

利に聡《さと》い動きだ。しばらくは、様子を見ようという腹だろう。

「となると、播磨屋は何か手を打つかもしれませんね」

乙兵衛が応じた。


それから四日、卯吉は客のもとを廻ったが、手に入れられたのは二樽だけだった。市郎兵衛が出向いた先はすべて駄目だったが、他も駄目だった。

品は、本当に払底しているものと思われた。桑造は出かけてゆくが、どこで何をしているか知れたものではなかった。

「いくらかかってもいいから、捜《さが》しておいで」

お丹は言い出した。しかしそれは、武蔵屋の商いではない。またそれでも集まるかどうかは、分からなかった。

人のいない酒蔵前で、卯吉は呆然《ぼうぜん》としていた。すると小菊が、傍《そば》に寄ってきた。

「坂口屋の、おとっつぁんの力を借りたらばどうでしょう」

と言われて、どきりとした。吉右衛門は稲飛の商いには、何の関わりもない。灘剣を売っているだけだ。しかし下り酒の問屋仲間の肝煎《きもい》りをしている。

吉右衛門が本気で声掛けをしてくれたら、隠れている八樽程度の稲飛は、出てくるかもしれないと考えた。けれども……。

このままでは、「武蔵屋は続かない」と言われていた。

その武蔵屋、すなわちお丹や市郎兵衛のために、一肌脱ぐかといったら疑問だった。そもそも見栄《みえ》っ張りの二人は、吉右衛門に頭を下げることはできない。加えて、囲っているおゆみという女には、子を孕《はら》ませていた。

しかも市郎兵衛は、今でも朝帰りをすることがある。妾宅《しょうたく》に泊まっているのは明らかだ。

「そ、それは」

どう考えても、無理だ。どの面《つら》下げて、行けるのか。

おまけに卯吉は、店を移らないかと勧められている。告げられたままで、その返事はしていなかった。

「できませんか」

小菊は、どうにかなるという自信を持っているわけではなさそうだ。思い悩んで言ってきた、そういう表情だった。

武蔵屋が窮地にいるのは、店の者ならば誰でも分かる。

「小菊さんは、そうした方がいいと、お考えなのでしょうか」

武蔵屋のことで吉右衛門の世話になるのは、小菊にしても心苦しいことではないのかと気になるのだ。実父ではないのだから、甘えるにも限度があるだろう。

また市郎兵衛やお丹の仕打ちを考えたら、恨《うら》むことはあっても、力を貸す気にはとてもなれないのではないかと感じる。

お丹や市郎兵衛の苦境を、冷ややかに眺《なが》めていてもおかしくない。

「公方《くぼう》様への献上の祝酒《いわいざけ》を調えるのは、酒問屋としては名誉なことです。そのために卯吉さんは、精いっぱいのことをしています」

小菊の自分に向ける眼差しの強さに、卯吉はどきりとした。

この人は、前から自分の働きを認めてくれているとは感じていた。しかしこれほどまでに、必死に考えを伝えてきたことはなかった。

「吉右衛門という人は、卯吉さんの商人としての一途《いちず》な願いを、分からない人ではありません」

「そうですか」

小菊の、武蔵屋や市郎兵衛への思いは分からないが、献上の酒を調えたいと思っていることだけは伝わってきた。稲飛に関する苦情の対応を、引き受けてくれたこともあった。振り返ってみると、武蔵屋では唯一力を貸してくれた人だった。

こうなると目の前にいる小菊は、これまでのような遠い存在ではない。志を同じにした仲間だと感じた。

ならばそれを受け入れなくてはと、卯吉は心に決めた。

「頼ってみましょう」

翌日卯吉は、誰にも告げずに坂口屋を訪ねた。吉右衛門への面会を求めたのである。

「どうぞ」

この前と同じ、奥の部屋へ通された。

挨拶を済ませた後、卯吉は向かい合って座った吉右衛門に、稲飛の集まり具合について詳細を話した。そしてどうしても足りない稲飛八樽を得る手助けをしてほしいと、頼んだのである。

「売った先は、どこかね」

と問われたので、一軒一軒、すべてを伝えた。小売り酒屋だけでなく、料理屋や旅籠《はたご》に至るまで漏《も》らさなかった。

そしてさらに、問いかけられた。

「ここへ来ることを、お丹さんや市郎兵衛さんは、知っているのかね」

「言っていません」

「ならばその願いは、武蔵屋としての申し出ではないな」

見詰めてくる眼差しに、力がこもっていた。気圧《けお》されそうになったが、力をこめて見返した。

「私のお願いでございます」

二呼吸ほどの間、睨《にら》み合った。そして吉右衛門の表情が和らいだ。

「やってみよう。卯吉さんのために。あなたは生麦沖で、灘剣を救ってくれた」

ああそれがあったかと、卯吉は気がついた。

けれども切羽詰《せっぱつ》まっている今だから、吉右衛門であっても容易《たやす》い仕事だとは思えなかった。

「ありがとうございます」

卯吉は両手をついて頭を下げ、額を畳《たたみ》にこすりつけた。

「話は、それだけか」

「はい」

「ならば引き取るがいい。私はまだ用事がある」

そう言い残すと、部屋から出て行った。そこで用事がありながら、話を聞いてくれていたことに気がついた。

「あっ」

そしてもう一つ、気がついた。

吉右衛門は、卯吉が店を移る話には一切触れなかった。忘れていたとは思えない。それを手助けの条件にはしなかったのである。

四

三日後、卯吉は坂口屋に呼ばれた。小僧が、目立たぬように声掛けをしてきた。

風雨の強い日もあったが、野分の嵐といったものではなかった。稲飛を積んだ樽廻船は、順調に航行をしているはずだった。

「すでに、下田湊《しもだみなと》を出ているはずです。いつ江戸に着いても、おかしくはありませんよ」

東三郎は言っていた。

八樽の稲飛は、手に入らないままだ。吉右衛門からの知らせを、卯吉は心待ちにしていた。

どうにもならない、と伝えられるのかもしれないが、それならばそれで仕方がないと考えた。何であれ吉右衛門は、自分のために動いてくれた。充分にありがたい。

指定された刻限に店へ行き、奥座敷に入ると、すでに数人の先客がいた。

「これは」

卯吉は膝《ひざ》をついてから、頭を下げた。どれも顔見知りだ。八人いて、すべて稲飛を卸した小売り酒屋の主人たちである。返却を求めたがないと帰された店の主人も、何人かいた。

一同の端に、吉右衛門が座っていた。

すでに座は、和んでいる気配だった。主人たちの顔には笑顔があった。卯吉が入って、一同は顔を引き締めたのであった。

八人の主人は武蔵屋の顧客だが、他からも仕入れをしている。坂口屋から仕入れをしていたとしても、不思議ではなかった。

卯吉の挨拶が済むと、吉右衛門がまず口を開いた。

「稲飛は、爽《さわ》やかな飲み口でいい酒です。それはここにおいでの皆さん方も、同じ考えに違いない」

ここで一同は頷《うなず》いた。卯吉が店に出向いて、「一樽だってない」と告げられたときとは、微妙に表情が違った。

「公方様への献上が決まって、この酒が広く人に知られるのは、扱う者にとってもありがたいことです」

そう言った吉右衛門は、懐《ふところ》から一通の書状を取り出した。

「これは、上灘大西酒造の番頭庄助さんからのものです。生麦沖で稲飛を沈めたときに、私が状況を知らせた文の返事です」

と言って一同に示した。

卯吉も文を出したが、吉右衛門はその日のうちに江戸を出る船に託していた。卯吉が託した船よりも、早く着いていたことになる。

吉右衛門は、庄助からの文を読み上げた。

庄助は自ら江戸へ出てきて、当時は無名の稲飛を売り歩いた。その味を認め、どこよりも先に仕入れを図ったのが卯吉だった。庄助は卯吉の心意気を嬉しく思って、江戸では武蔵屋にだけ稲飛を卸すことにした。幸い稲飛は徐々に評判が上がって、追加の注文が四度重なった。最後の百樽が、生麦沖で沈んだ。

百樽まで行かなくても、できるだけの尽力をしたい。しかしそれは武蔵屋のためではなく、卯吉のためだと記されていた。

「庄助さんから、このような文が」

卯吉は魂消《たまげ》た。まずは沈没の直後に、吉右衛門がそのような動きをしていたことについてである。自分は大和屋勘十郎に勧められてから送った。

庄助からの返書を受けたとき、思いがけず早い用意ができていたのは、吉右衛門からの文が届いた時点で、手を打っていたからだと気がついた。

吉右衛門は、灘剣を守られたという気持ちがあったからだが、江戸と上灘の両方で迅速《じんそく》な動きがあったのは明らかだった。それを忘れてはいけない。

読み終えた吉右衛門は、八人の主人たちの顔へ、順番に目をやった。

「お越しいただいたみなさんの店でも、稲飛は評判の品になったはずです。来年も稲飛を仕入れるために、武蔵屋にではなくこの卯吉さんに出すということで、手を打ってはいただけませんか」

吉右衛門は頭を下げた。丁寧《ていねい》な下げ方だった。

「問屋仲間の肝煎りに、そこまでされては」

小売りの主人たちは恐縮した。

「市郎兵衛さんは不快だったが、卯吉さんが駆けずり廻っていたことは分かっています。蔵元と坂口屋さんの尽力も分かりました。皆さん、卯吉さんに出すということで、何とか用立てようではありませんか」

「そうですな」

一番年嵩《としかさ》の主人が声をかけると、他の七人は頷いた。その主人たちの顔を順に見回して、卯吉は全身が一気に熱くなったのを感じた。

「ただここで話した中身が、お丹さんや市郎兵衛さんには伝わりませんね。あの人たちは、八樽が調ったら、ああうまくいったで終わってしまいますよ」

それでは腹が癒《い》えないという顔で口にした者がいた。ここにいる主人でも、たった一樽を出すのに、難渋《なんじゅう》する者がいるのは確かだ。

「あの人たちにも、分かってもらいましょう」

「そうですね。そうでないと、あの人たちは、また稲飛の販売から卯吉さんを外しますよ」

「うむ。それはかなわない」

お丹と市郎兵衛をここへ呼んで、稲飛の売買については今後すべて卯吉にやらせるという言質《げんち》を取ることになった。

小僧が伝えに行き、四半刻《しはんとき》ほどで二人はやって来た。高慢な母子は呼びつけられるのが不満だったかもしれないが、稲飛八樽に関する話だと伝えた。

部屋に入って、吉右衛門だけでなく八人の小売りの主人や卯吉がいることにも驚いたらしかった。

「これまでの卯吉さんの労を多として、稲飛八樽は私たちが出しましょう」

年嵩の主人が、大西酒造と吉右衛門とのやり取りに触れてから告げた。吉右衛門が関わるのは、お丹にしても市郎兵衛にしても煙たい話のはずだが、二人は神妙に聞いた。

さらに今後、稲飛の商いについては、市郎兵衛は関わらず卯吉だけが扱うことが条件になると伝えた。

「そ、それは」

市郎兵衛が、顔を歪《ゆが》めさせた。明らかに立腹していた。軽んじている手代よりも、商人として劣ると告げられたようなものだからだ。他人には鈍感でも、自分への扱いには敏感だった。

さらに何かを言おうとしたが、お丹が遮《さえぎ》った。

「分かりました。今後、稲飛に関する商いは卯吉に任せることにいたしましょう」

その言葉で、市郎兵衛は言葉を呑《の》み込まざるを得なかった。明らかに不貞腐れた顔になったが、お丹は取り合わなかった。

胸の内では怒りに燃えても、ここは受け入れるしかない。状況を鑑《かんが》みて判断をしたのである。

「これで稲飛百樽が、調うことになりましたな」

吉右衛門が言った。

お丹と市郎兵衛が帰った後、卯吉は八人の主人たちと引き渡しに関しての打ち合わせをした。酒は、あるところにはあった。

そして武蔵屋に戻ると、今津屋から知らせの小僧が来ていた。明後日にも、稲飛を積んだ樽廻船が品川《しながわ》沖に着くと知らせに来ていたのである。

その日の夕刻、茂助は播磨屋の番頭辰之助と用心棒杉崎の動きを探っていた。

このままでは鳳寿の献上はない。新たな五十樽の稲飛が明後日に届くという話は、瞬《また》く間に新川河岸中に広がった。

「あやつら、きっと何かを仕組んでくるぞ」

という予想が立つからだ。

鳳寿が献上の酒になるとして売ってきた播磨屋は、少なからず評判を落とす。年来の客でも、離れて行く虞《おそれ》があった。

喜兵衛にしてみたら、何としても顧客は留めておかなくてはならない。

八月になって、西空にある日が落ちるのが早くなった。朱色の日差しがあたりを照らしたかと思うと、すぐに暗くなる。土手の薄《すすき》が、川風になびく。

杉崎が、店の横手にある路地から姿を現した。河岸の道を歩いた。向かう方向は、永代橋《えいたいばし》に通じる道筋だった。

茂助はこれをつけて行く。杉崎の足取りは早かった。永代橋を、東へ渡った。

深川《ふかがわ》馬場通りに着く頃には、日はすっかり落ちていた。幅広の道の両側で飲食をさせる店は、明かりを灯《とも》している。酒を飲ませる露店も出て、人通りは多かった。

暗がりに、浪人者や破落戸《ごろつき》ふうがたむろをしている。どこかの危なげな店の客引きをするのか、絡む相手を探しているのか、通り過ぎる者に目をやっていた。

堅気の者は、近寄らない。

杉崎はここへ来て足取りを緩め、男たちに目をやる。立ち止まって、値踏みするように見詰めることもあった。

そして近づき、声をかけた。隙《すき》のない身ごなしで、眼光も鋭い。破落戸たちは、杉崎がただ者ではないと感じるらしく、舐めた態度をとる者はいなかった。

わずかばかり話をして、別れた。互いに口元に嗤《わら》いを浮かべることもあった。近寄ることはできないから、話を聞くわけにはいかないが、いかにも何かの悪巧《わるだく》みをしているように見える。

杉崎は路地にも入った。どこかの店に入るのではなく、怪しげな男たちに声をかけるだけだった。半刻ばかりそうやって、馬場通りを西へ歩き、永代橋を西へ渡った。

播磨屋へ戻ったことを確認した茂助は、もう一度深川の馬場通りへ足を向けた。杉崎が声掛けをした男たちに尋ねた。

「先ほど浪人者に話しかけられていたが、何を言われたのか」

茂助は諸国流浪の旅をしていて、幾度もの修羅場を潜ってきている。数人に囲まれても動じない胆力を持っているから、堂々としていて若い破落戸は威圧される。

「銭になる仕事があると言われやした」

仕事の内容や日にちは告げなかった。ただやる気があるならば、明日も同じ刻限にここへ来いと言われたそうな。

他の者にも訊《き》いたが、同じ返答だった。

茂助からその話を聞いた卯吉は、内容をお丹と乙兵衛に伝えることにした。お丹は坂口屋から帰ったときから仏頂面をしているが、大事な話だと告げると耳を傾けた。

「播磨屋の用心棒杉崎が、不穏な動きをしています」

「あの店は慌《あわ》てているだろうからね。何かをするかもしれない」

話を聞いたお丹は、顔を曇らせた。卯吉の話でも、真剣に聞いていた。

「品川沖で千石船から積み替えられた荷は、新川河岸へ運ばれる途中で、一樽でも何かあったら納品ができなくなります」

前に、新川河岸へ荷を入れる直前で襲われたことがあった。再びないとは言えないので、お丹に話したのである。もちろん運ぶ途中でも何があるか分からない。海上では、呼子《よぶこ》の笛を吹いても捕り方は集まらない。

このことは、茂助とも相談をした。できるだけ安全にということで、襲わせない手立てを考えた。運搬の邪魔立てはさせない。

「品川《しながわ》沖で積んだ荷は、新川河岸へは運ばずに、芝の分家に運んであそこの酒蔵へ入れてはいかがでしょうか。それならば、霊岸島《れいがんじま》付近で待ち伏せても、襲うことはできません」

「なるほど」

「もちろん見張りは必要になりますが、運ぶ途中での襲撃は避けられます」

それが怖いと、卯吉と茂助は考えている。芝からでも、藤堂家に運び入れることは可能だ。

「では、そうしよう」

お丹の承諾を得た後、卯吉は今津屋東三郎と次郎兵衛に伝えた。

「妙案ですね」

東三郎は言った。

このことは、武蔵屋ではお丹と市郎兵衛、番頭乙兵衛、迎えの船に乗り込む卯吉と桑造だけが知ることになる。手代や小僧たちにも伝えない。分家では、次郎兵衛と番頭、それに手代の丑松だ。

東三郎は船を調え、船頭に経路を伝えるのは当日になってからだ。準備は整った。

五

今津屋から武蔵屋へ、西宮からの樽廻船が品川沖に着いたと知らせがあった。卯吉だけでなく、お丹や市郎兵衛など店のすべての者が、朝からそわそわして待っていた。

荷運びは店の小僧を使う。できるだけ人は雇わない。

今津屋の前の船着き場で、市郎兵衛と卯吉、それに桑造、東三郎と寅吉、武蔵屋の小僧五人が乗り込んだ。今津屋の水手《かこ》も乗船している。

「気をつけて」

お結衣が手を振った。向けてくる案じ顔が、嬉しかった。

待望の稲飛五十樽だから、命懸けで守らなくてはならない。小僧たちは皆、緊張の面持ちで船端《ふなばた》に立った。無表情なのはただ一人、桑造だった。しかし桑造は、苦情や不満を一言も漏らさなかった。

空にはいくつかの雲が浮いている。風もないわけではないが、運搬に支障をきたすものではなかった。白い海鳥が、鳴き声を上げて飛んでいる。

「杉崎のやつ、破落戸を集めた気配はあるが、荷は新川河岸には来ない。慌てるだろうぜ」

朝のうち播磨屋の様子を窺《うかが》っていた寅吉が言った。

杉崎は昨夕、深川の浪人者を含めた破落戸十人余りを集めた。指図の内容は分からないが、何かを企《たくら》んだのは間違いなかった。

武蔵屋では、わざとらしく、店の酒蔵を五十樽分空けて受け入れの支度をして見せた。

「しかし海上で襲ってくることも、ないとは言えないぞ」

そう東三郎は考えて、警護の船を用意していた。生麦沖の一件が、教訓になっている。船の中には、突棒《つくぼう》や刺股《さすまた》も用意していた。卯吉は樫《かし》の棒を、足元に置いた。

さすがに市郎兵衛も、緊張の面持《おもも》ちだった。背筋をぶるっと震わせた。

大型船は、新川河岸には入れない。江戸の海を、今津屋が手配した引き取りの荷船が、品川沖へ向かった。卯吉だけでなく、乗船する者たちは不審な船が周囲にいないか目を凝《こ》らした。

帆《ほ》を下した千石船が、目の前に迫ってきた。

船端まで行って、東三郎が合図を送った。

段梯子《だんばしご》が降ろされ、小僧や水手が稲飛を運び出す。待ちに待った到着だ。

「気をつけろ」

卯吉は思わず声を上げた。

荷移しが済むと、五十樽を積んだ荷船は、芝へ向かう。ここまで襲撃はなかった。緊張していた市郎兵衛は、ほっとした様子を見せた。他の者も同じだが、桑造の表情は変わらない。自ら何かを言うこともなかった。

荷船は霊岸島へは向かわず、金杉川《かなすぎがわ》へ船首を向けた。

「荷は、分家の酒蔵へ入れるぞ」

小僧たちに告げると、初めて聞いた小僧たちは驚きを見せた。しかしその方が安全だと気づいたらしい者もいた。

荷船は、金杉川の北河岸にある船着き場についた。ここでは次郎兵衛と丑松が待っていた。茂助も、目立たない場所で待ち受けているはずだった。

船が横付けされた段階で、今津屋が用意をした警固《けいご》の船は帰らせた。板が渡され、早速荷下ろしが始まった。

何事かと、河岸の道で立ち止まる通行人がいる。しかし怪しげな者の気配は感じなかった。あれば、朝からここにいる茂助が伝えて来るはずだった。

「うまくいきそうだぞ」

と卯吉が思ったそのとき、きいきいと、勢いのついた艪《ろ》の音が聞こえた。何事かと目をやると、数人の顔に布を巻いた浪人者や破落戸ふうを乗せた船が現れたのだった。

勢いをつけたまま向かってきて、船首をこちらの船端にぶつけた。

あっという間のことだった。船が大きく揺れた。

「わあっ」

樽を担《にな》って板を渡ろうとしていた小僧が、体をぐらつかせた。担っている樽は、今にも水に落ちるところだった。傍にいた卯吉が、その体と樽を支えた。

布で顔を覆《おお》った者たちが、抜き身の長脇差《ながわきざし》や匕首《あいくち》を握ってこちらの船に乗り込んでくる。刀を抜いた、浪人者の姿もあった。

荷運びどころではなくなった。

万一のことは考えていたが、ここで襲われるとは想定していなかった。

「おのれっ」

不思議なのは、賊たちが金杉川のどこかで待ち伏せしていたと思われることだった。川に入るまでは、怪しげな船は海上になかった。

しかし、それを詮索《せんさく》している暇はなかった。卯吉は備えていた棒を握り、寅吉は刺股を手にした。

河岸で待機していた茂助や丑松も、襲撃に抗うべく船着き場で身構えた。一樽でも、何かで壊されたらそれでおしまいだ。

必死の思いと言っていい。

卯吉を襲ってきたのは、浪人者だった。樽や人を搔《か》き分けて、傍へ寄ってきた。

「やっ」

大ぶりではない。狭い船上であることを踏まえた一撃が、こちらの首筋を目がけて飛んできた。すでに勢いがついていた。

「何のっ」

卯吉は棒の先で、刀身を跳ね返した。近くには寄らせない。棒の長さを生かす動きを頭に入れていた。

跳ね上げられた刀身は、動きを止めなかった。くるりと小さく回転して、二度目の襲撃となって、今度は喉笛《のどぶえ》を突いてこようとしていた。

動きに無駄がないから、あっという間に切っ先が迫ってきていた。

運び出せていない樽の陰から、刀身は真っ直ぐに伸びてくる。命を奪おうという一撃だ。

卯吉は中空にあった棒の先を、正面に向けた。一瞬でも遅ければ、喉を突かれておしまいだ。さらに棒の長さが、身を救った。

相打ちならば、向こうの刀はこちらに届かない。察した相手は身をかわした。

しかしそれで一息つくわけにはいかなかった。

切っ先は動きを止めないで、今度は肩先を突き込んできた。樽に片足をかけて勢いをつけていた。

もちろん卯吉も、黙ってはいない。棒の先を横に振った。下手をすれば樽を打ってしまうが、ぎりぎりの距離を見計らっていた。

相手の二の腕を打つ狙いだ。船端と樽が邪魔になって、相手は横に避けながら攻めることができない。

察した相手は、刀身で棒を避けようとした。身を引こうとさえしていた。

だが卯吉は、その動きを待っていた。利き足に力をこめて、前に踏み出した。

「やあっ」

卯吉の棒の先は、相手の鳩尾《みぞおち》を狙っている。防御の刀はそれを弾こうとしたが、身を引く姿勢に無理があった。体の均衡を崩していた。

こちらの棒の先は、相手の脇腹を突いていた。

「ううっ」

肋骨《ろっこつ》を折った感触が、卯吉の手に伝わった。相手は足を踏ん張ろうとしたが、できない。そのまま前のめりに倒れた。

駆け寄った卯吉は、顔に巻かれている布を剝《は》ぎ取った。浪人者は、杉崎だった。死ぬとは思えないが、もう立ち上がることはできない。

ここで周囲を見回した。

寅吉が、破落戸ふうの腕を摑《つか》んで後ろに捩《ね》じり上げていた。三人がかりで、小僧が他の破落戸ふうを甲板に押し付けていた。

東三郎も刺股を手にしていた。賊の一人を、刺股の先で水に突き落とした。

長脇差の男が、市郎兵衛に襲いかかっていた。

「ひいっ」

市郎兵衛は手に突棒を手にしていたが、逃げるばかりだった。このままでは、大怪《おおけ》我《が》をしそうだった。

「やっ」

駆け寄った卯吉は、長脇差を持つ二の腕を棒の先で叩《たた》いた。

「うわっ」

男はその場に倒れた。

これで船上の賊の姿がなくなった。船着き場に目をやると、茂助が棒を使って町人ふうの男を押さえつけていた。

船着き場へ駆け下りると、男の顔が見えた。辰之助だった。

「こやつ、あの船具を入れる小屋の陰に潜《ひそ》んでいたぞ」

と茂助が言った。形勢が悪くなって、逃げようとしたところを捕らえたのだそうな。

「なぜここにいたのか」

寅吉が迫った。

「たまたま通りかかっただけだ」

辰之助は白々しいことを口にした。

捕らえた者たちは、縛《しば》り上げた。稲飛の樽をすべて降ろして酒蔵にしまったところで、辰之助らを空になった船で南茅場町《みなみかやばちょう》の大番屋へ運んだ。

酒樽の襲撃犯としてである。怪我をしている杉崎は、戸板に載せた。

芝界隈を受け持ち区域とする定町廻り同心と、寅吉、それに卯吉も加わって、捕らえた者の尋問を行った。

金で雇われた破落戸や浪人たちは、杉崎に指図されたことを認めた。

「一樽でいいから、壊すなり海に落とすなりしろ」

と命じられたそうな。

杉崎は戸板の上で呻《うめ》き声《ごえ》を上げていたが、容赦《ようしゃ》はしなかった。

「白状をするまでは、手当てをしねえぞ」

寅吉は脅《おど》した。杉崎は、辰之助に指図されたことを認めた。

辰之助はここでも通りかかっただけだと白《しら》を切り通そうとしたが、杉崎の白状があって、覚悟を決めたらしかった。

「稲飛が百樽揃わなければ、鳳寿が献上の酒になると考えました」

動機はこれだった。喜兵衛の指図があったことも認めた。

奪おうとした酒がたとえ一樽でも、また結果として死傷者を出してはいなくても、これで播磨屋はただでは済まないことになった。鳳寿の献上など、もちろんない。

「喜兵衛と辰之助は、島へ流されるんじゃあねえか」

寅吉は言った。

一件落着にはなったが、卯吉にしてみれば、まだ得心がいかないことがあった。

「どうして酒樽が、芝の分家に運ばれると分かったのか」

「それはそうだ」

卯吉の疑問に、寅吉が頷いた。極秘にしていた事項である。

「おい、卯吉。おまえが漏らしたんじゃあないのか」

話を聞いていた市郎兵衛が言った。

「何を愚かなことを言いなさる。ここまで苦労をしてきた者が、そんな馬鹿な真似《まね》をするわけがないではないか」

東三郎がたしなめた。

そこで辰之助に問い質《ただ》した。

「桑造から聞いたんです。うまくいったら、あいつは播磨屋へ移ることになっていました」

辰之助は、桑造を庇《かば》わなかった。

稲飛の献上が明らかになって、このまま行けば卯吉の功績となる。お丹や市郎兵衛が何と言おうと、新川河岸の者はそう思う。卯吉はそうやって、武蔵屋での地固めを行ってゆくのは許せない。

「あいつは、妬《ねた》んでいたんですよ」

辰之助は度々《たびたび》桑造と酒を飲んでいた。その腹のうちが分かっていたから、利用をしたのである。

「桑造の姿が、見当たらないぞ」

茂助が言った。いつの間にか、姿を消していた。

六

新たな、祝いの薦《こも》を被《かぶ》せた稲飛百樽が、今津屋の船に載せられた。小僧たちの動きは、きびきびしている。笑顔もあった。

河岸の道では、問屋の奉公人や荷運び人足、通行人などが見詰めている。

「見事なもんだねえ」

船着き場に立ったお丹が、感慨深げに言った。武蔵屋から、将軍家への祝酒《いわいざけ》が調えられたのである。今津屋の荷船で内神田の鎌倉河岸《かまくらがし》まで運ばれ、そこからは陸路で駿河台《するがだい》の藤堂屋敷に搬入される。

船首には、『献上の祝酒』『稲飛　武蔵屋』と記された幟旗《のぼりばた》が掲げられている。お丹と市郎兵衛が相談して立てた。派手好きの見栄っ張りは、何があっても変わらない。

市郎兵衛が黒紋付《くろもんつき》に袴《はかま》を身につけて、輸送の中心になるが、段取りを取って実際に指揮を執《と》るのは卯吉だった。

播磨屋は店を閉じているので、今は襲う者もいないが、ここは新御番《しんごばん》鵜飼の組の番士が警固についていた。その物々しさが、稲飛百樽に重みを持たせていた。

「いよっ、いなとびっ」

艫綱《ともづな》が外されたとき、対岸にいた野次馬の中の誰かが掛け声をかけた。

荷船が、新川の水面を進んでゆく。卯吉は河岸道《かしみち》に立って見送るお結衣に、目をやっていた。笑顔で手を振っている。

「大役を、果たしましたね」

と言ってくれた。

その一言が、卯吉にとっては大きな喜びだった。傍にいた東三郎も、頷いていた。商人として、認められている気がする。ただそれでも、船問屋の娘と取引先の手代という間柄が前提になった関係であることは変わらない。

卯吉には、それが物足りない。


武蔵屋に戻ると、お丹が市郎兵衛を、大仕事を成し遂げた者として迎え入れた。

「藤堂様も、蜷川《にながわ》様もご満足のご様子でした」

「それは何より。武蔵屋の面目は、保たれましたよ。これも話を持ってきた鵜飼家のお陰です」

市郎兵衛は胸を張って言い、お丹は実弟の労を多とした。卯吉については、一切触れなかった。祝いの席を持つらしいが、卯吉に声はかからない。

帳場にいる乙兵衛は、淡々と帳付けを行っていた。巳之助は「ご苦労さん」と声をかけてきたが、それは通常の品を届けて帰ってきたときと、同じような調子だった。

お丹が今度の献上にかけていた意気込みは、並々のものではなかった。うまくいったことで、実家の鵜飼家も、面目を施したのである。鵜飼家はこれで、名門ご大身の藤堂家や蜷川家とも繋《つな》がりができた。

今後稲飛の扱い量は増えるはずだが、卯吉が扱うことになる。お丹も市郎兵衛も、これについては異を唱えない。しかし何か不祥事があれば、言いがかりをつけてくるのは明らかだった。

お丹は今回の件で、卯吉の尽力を認めざるを得ないことになったが、心を許してはいない。一族として受け入れようという気配も窺えなかった。

すでに桑造の姿は、武蔵屋からなくなっていた。行方は分からない。

「あんなやつは、捜さなくたっていい。どこかで野垂れ死ねばいい」

お丹はそこまで言った。

「まったくだ」

と市郎兵衛は大きく頷いた。二人にとって裏切り者の桑造は、卯吉以上に憎い者になったようだ。商人としての力はあったと思うので、その部分では失ったことは残念だった。使いようはあると、卯吉は考える。

桑造にもこの母と子には不満はあっただろうが、今はもうどうにもならない。

武蔵屋は泥船かもしれないが、少しずつ変わってゆく気がしないわけではなかった。お丹の商いに対する姿勢が、微妙に変わってきた。坂口屋や小売りの主人たちがいたとはいえ、稲飛の商いを卯吉に任せたことからも見受けられる。

稲飛の販売を通して、武蔵屋の商いを盛り上げていかなくてはと卯吉は考えた。

五十樽が運び出された酒蔵の中は、妙にがらんとして見える。ぼんやり眺めていると、背後に足音が聞こえた。

振り返ると、小菊が盆に茶を載せて立っていた。傍にはおたえが、皿に饅頭《まんじゅう》を載せたものを持っている。

「ご苦労様でしたね」

小菊はそう言って、茶を差し出した。香ばしいにおいのする、上客に出すための茶だった。ねぎらってきたのだ。

「さあ、どうぞ」

おたえは皿の饅頭を差し出した。薯蕷《しよよ》饅頭だ。大奮発といっていい。

「これは、ありがたい」

仰天した卯吉だが、それがすぐに笑顔になったのが自分でも分かった。向けてくるおたえの眼差しが愛らしい。しゃがんで目の高さを同じにして、饅頭を手に取った。

見ている前で、かぶりつく。

「おいしい」

卯吉が言うと、おたえは嬉しそうだった。武蔵屋にも、自分をねぎらってくれる人がいる。それは大きな喜びだった。

坂口屋へ移ることを誘われているが、移る気がないのははっきりしている。催促もされないので、諦《あきら》めたのかもしれないと考えてはみる。だが吉右衛門が、簡単に諦めるとは考えにくい。

「それよりも小菊は、これからどうするつもりなのか」

卯吉は胸の内で呟いた。その方が、はるかに気になった。

妾宅にいるおゆみはそのままだ。生まれる子は、卯吉と同じ立場になる。卯吉にしてみれば、心穏やかではなかった。武蔵屋が抱えている問題は、厄介《やっかい》だった。

「おいしい。本当においしい饅頭だ」

卯吉が大げさに言うと、おたえは声を上げて笑った。

本書は文庫書下ろし作品です。

|著者| 千野隆司　1951年東京都生まれ。國學院大學文学部卒。'90年「夜の道行」で小説推理新人賞を受賞。時代小説のシリーズを多数手がける。「おれは一万石」「入り婿侍商い帖」「出世侍」「雇われ師範・豊之助」など各シリーズがある。「下り酒一番」は江戸の酒問屋を舞台にした新シリーズ。

献上《けんじょう》の祝酒《いわいざけ》　下《くだ》り酒一番《ざけいちばん》㈢

千野隆司《ちのたかし》

講談社文庫
定価はカバーに
表示してあります

2019年6月13日第1刷発行

発行者——渡瀬昌彦
発行所——株式会社　講談社
東京都文京区音羽2-12-21　〒112-8001
電話　出版（03）5395-3510
　　　販売（03）5395-5817
　　　業務（03）5395-3615

Printed in Japan

デザイン—菊地信義
本文データ制作—講談社デジタル製作
印刷——豊国印刷株式会社
製本——株式会社国宝社

ISBN978-4-06-516342-9

講談社文庫刊行の辞

二十一世紀の到来を目睫に望みながら、われわれはいま、人類史上かつて例を見ない巨大な転換期をむかえようとしている。

世界も、日本も、激動の予兆に対する期待とおののきを内に蔵して、未知の時代に歩み入ろうとしている。このときにあたり、創業の人野間清治の「ナショナル・エデュケイター」への志を現代に甦らせようと意図して、われわれはここに古今の文芸作品はいうまでもなく、ひろく人文・社会・自然の諸科学から東西の名著を網羅する、新しい綜合文庫の発刊を決意した。

激動の転換期はまた断絶の時代である。われわれは戦後二十五年間の出版文化のありかたへの深い反省をこめて、この断絶の時代にあえて人間的な持続を求めようとする。いたずらに浮薄な商業主義のあだ花を追い求めることなく、長期にわたって良書に生命をあたえようとつとめるところにしか、今後の出版文化の真の繁栄はあり得ないと信じるからである。

同時にわれわれはこの綜合文庫の刊行を通じて、人文・社会・自然の諸科学が、結局人間の学にほかならないことを立証しようと願っている。かつて知識とは、「汝自身を知る」ことにつきていた。現代社会の瑣末な情報の氾濫のなかから、力強い知識の源泉を掘り起し、技術文明のただなかに、生きた人間の姿を復活させること。それこそわれわれの切なる希求である。

われわれは権威に盲従せず、俗流に媚びることなく、渾然一体となって日本の「草の根」をかたちづくる若く新しい世代の人々に、心をこめてこの新しい綜合文庫をおくり届けたい。それは知識の泉であるとともに感受性のふるさとであり、もっとも有機的に組織され、社会に開かれた万人のための大学をめざしている。大方の支援と協力を衷心より切望してやまない。

一九七一年七月

野間省一

講談社文芸文庫

オルダス・ハクスレー　行方昭夫　訳
モナリザの微笑
ハクスレー傑作選
解説=行方昭夫　年譜=行方昭夫
ディストピア小説『すばらしい新世界』他、博覧強記と審美眼で二十世紀文学に異彩を放つハクスレー。本邦初訳の「チョードロン」他、小説の醍醐味溢れる全五篇。
ハB1
978-4-06-516280-4

ヘンリー・ジェイムズ　行方昭夫　訳
ヘンリー・ジェイムズ傑作選
解説=行方昭夫　年譜=行方昭夫
現代文学の礎を築きながら、難解なイメージがつきまとうジェイムズ。その百を超える作品から、リーダブルで多彩な魅力を持ち、芸術的完成度の高い五篇を精選。
シA5
978-4-06-290357-8

佐高　信　新装版 逆命利君
さだまさし　遙かなるクリスマス
佐藤雅美　影帳 半次捕物控
佐藤雅美　揚羽の蝶(上)(下)〈半次捕物控〉
佐藤雅美　命みょうが〈半次捕物控〉
佐藤雅美　疑惑〈半次捕物控〉
佐藤雅美　泣く子と小三郎〈半次捕物控〉
佐藤雅美　髻《もとどり》塚《づか》不《ふ》首尾《しゅび》一件始末《いっけんしまつ》〈半次捕物控〉
佐藤雅美　天才絵師と幻の生首〈半次捕物控〉
佐藤雅美　御当家七代お祟り申す〈半次捕物控〉
佐藤雅美　一石二鳥の敵討ち〈半次捕物控〉
佐藤雅美　恵比寿屋喜兵衛手控え
佐藤雅美　物書同心居眠り紋蔵
佐藤雅美　隼小僧異聞〈物書同心居眠り紋蔵〉
佐藤雅美　密約〈物書同心居眠り紋蔵〉
佐藤雅美　お尋者〈物書同心居眠り紋蔵〉
佐藤雅美　老博奕打ち〈物書同心居眠り紋蔵〉
佐藤雅美　四両二分の女〈物書同心居眠り紋蔵〉
佐藤雅美　白い息〈物書同心居眠り紋蔵〉
佐藤雅美　向井帯刀の発心〈物書同心居眠り紋蔵〉
佐藤雅美　一心斎不覚の筆禍〈物書同心居眠り紋蔵〉
佐藤雅美　魔物が棲む町〈物書同心居眠り紋蔵〉
佐藤雅美　ちよの負けん気、実の父親〈物書同心居眠り紋蔵〉
佐藤雅美　へこたれない人〈物書同心居眠り紋蔵〉
佐藤雅美　わけあり師匠事《こと》の顛末〈物書同心居眠り紋蔵〉
佐藤雅美　江戸繁昌記〈寺門静軒無聊伝〉
佐藤雅美　青雲遙かに〈大内俊助の生涯〉
佐藤雅美　十五万両の代償〈十一代将軍家斉の生涯〉
佐藤雅美　千世と与一郎の関ヶ原
佐藤雅美　悪足掻《あが》きの跡始末 厄介弥三郎
佐々木譲　屈折率
酒井順子　結婚疲労宴
酒井順子　ホメるが勝ち！
酒井順子　負け犬の遠吠え
酒井順子　その人、独身？
酒井順子　駆け込み、セーフ？
酒井順子　いつから、中年？
酒井順子　女も、不況？
酒井順子　金閣寺の燃やし方
酒井順子　昔は、よかった？
酒井順子　もう、忘れたの？
酒井順子　そんなに、変わった？
酒井順子　泣いたの、バレた？
酒井順子　気付くのが遅すぎて、
佐野洋子　嘘ばっか〈新釈・世界おとぎ話〉
佐野洋子　コッコロから
佐川芳枝　寿司屋のかみさん うまいもの暦
佐川芳枝　寿司屋のかみさん 二代目入店
笹生陽子　ぼくらのサイテーの夏
笹生陽子　きのう、火星に行った。
笹生陽子　世界がぼくを笑っても
佐伯泰英　変《へん》化《げ》〈交代寄合伊那衆異聞〉
佐伯泰英　雷鳴〈交代寄合伊那衆異聞〉
佐伯泰英　風雲〈交代寄合伊那衆異聞〉
佐伯泰英　邪宗〈交代寄合伊那衆異聞〉
佐伯泰英　阿片〈交代寄合伊那衆異聞〉
佐伯泰英　攘夷〈交代寄合伊那衆異聞〉

講談社文庫　目録

佐伯泰英　上海〈交代寄合伊那衆異聞〉
佐伯泰英　黙《もっ》契《けい》〈交代寄合伊那衆異聞〉
佐伯泰英　御《お》暇《いとま》〈交代寄合伊那衆異聞〉
佐伯泰英　難航〈交代寄合伊那衆異聞〉
佐伯泰英　海戦〈交代寄合伊那衆異聞〉
佐伯泰英　謁見〈交代寄合伊那衆異聞〉
佐伯泰英　交易〈交代寄合伊那衆異聞〉
佐伯泰英　朝廷〈交代寄合伊那衆異聞〉
佐伯泰英　混《こん》沌《とん》〈交代寄合伊那衆異聞〉
佐伯泰英　断絶〈交代寄合伊那衆異聞〉
佐伯泰英　散《ざん》斬《ぎり》〈交代寄合伊那衆異聞〉
佐伯泰英　再会〈交代寄合伊那衆異聞〉
佐伯泰英　茶葉〈交代寄合伊那衆異聞〉
佐伯泰英　開港〈交代寄合伊那衆異聞〉
佐伯泰英　暗殺〈交代寄合伊那衆異聞〉
佐伯泰英　血脈〈交代寄合伊那衆異聞〉
佐伯泰英　飛躍〈交代寄合伊那衆異聞〉
沢木耕太郎　一号線を北上せよ〈ヴェトナム街道編〉

佐藤友哉　エナメルを塗った魂の比重〈鏡稜子ときせかえ密室〉
佐藤友哉　水没ピアノ〈鏡創士がひきもどす犯罪〉
佐藤友哉　クリスマス・テロル〈invisible×inventor〉
櫻田大造　「優」をあげたくなる答案・レポートの作成術
佐川光晴　縮んだ愛
沢村凜　タソガレ
佐野眞一　誰も書けなかった石原慎太郎
佐野眞一　津波と原発
佐藤多佳子　一瞬の風になれ　全三巻
笹本稜平　駐在刑事
笹本稜平　駐在刑事　尾根を渡る風
佐藤亜紀　ミノタウロス
佐藤亜紀　醜聞の作法
佐藤千歳　インターネットと中国共産党〈「人民網」体験記〉
斎樹真琴　地獄番　鬼蜘蛛日誌
桜庭一樹　ファミリーポートレイト
佐々木則夫　なでしこ力〈さあ、一緒に世界一になろう!〉
沢里裕二　淫果応報
沢里裕二　淫具屋半兵衛

佐藤あつ子　昭《あき》　田中角栄と生きた女
西條奈加　世直し小町りんりん
西條奈加　まるまるの毬《いが》
佐伯チズ　改訂完全版　佐伯チズ式「完全美肌バイブル」〈123の肌悩みにズバリ回答!〉
斉藤洋　ルドルフとイッパイアッテナ
斉藤洋　ルドルフともだちひとりだち
佐々木裕一　若返り同心　如月源十郎〈不思議な飴玉〉
佐々木裕一　若返り同心　如月源十郎〈闇の顔〉
佐々木裕一　公家武者　信平《のぶひら》〈消えた狐丸〉
佐々木裕一　逃げた名馬〈公家武者　信平(二)〉
佐々木裕一　比叡山の鬼〈公家武者　信平(三)〉
佐々木裕一　公《く》卿《ぎょう》の罠《わな》〈公家武者　信平(四)〉
佐々木裕一　狙われた旗本〈公家武者　信平(五)〉
佐藤究《きわむ》　QJKJQ
司馬遼太郎　新装版　播磨灘物語　全四冊
司馬遼太郎　新装版　箱根の坂　(上)(中)(下)
司馬遼太郎　新装版　アームストロング砲
司馬遼太郎　新装版　歳月　(上)(下)
司馬遼太郎　新装版　おれは権現

司馬遼太郎　新装版 大坂侍
司馬遼太郎　新装版 北斗の人(上)(下)
司馬遼太郎　新装版 軍師二人
司馬遼太郎　新装版 真説宮本武蔵
司馬遼太郎　新装版 最後の伊賀者
司馬遼太郎　新装版 俄(上)(下)
司馬遼太郎　新装版 尻啖え孫市(上)(下)
司馬遼太郎　新装版 王城の護衛者
司馬遼太郎　新装版 妖怪(上)(下)
司馬遼太郎　新装版 風の武士(上)(下)
司馬遼太郎　戦雲の夢〈レジェンド歴史時代小説〉
司馬遼太郎・海音寺潮五郎　新装版 日本歴史を点検する
司馬遼太郎・井上ひさし　新装版 国家・宗教・日本人
司馬遼太郎・陳舜臣・金達寿　新装版 歴史の交差路にて〈日本・中国・朝鮮〉
柴田錬三郎　お江戸日本橋(上)(下)
柴田錬三郎　貧乏同心御用帳
柴田錬三郎　新装版 岡っ引どぶ〈柴錬捕物帖〉
柴田錬三郎　新装版 顔十郎罷り通る(上)(下)
柴田錬三郎　江戸っ子侍(上)(下)〈レジェンド歴史時代小説〉

城山三郎　この命、何をあくせく
城山三郎　黄金峡
城山三郎・平岩外四　人生に二度読む本
城山三郎・高山文彦　日本人への遺言
白石一郎　庖丁ざむらい〈十時半睡事件帖〉〈レジェンド歴史時代小説〉
志茂田景樹　南海の首領クニマツ
志水辰夫　負け犬
島田荘司　殺人ダイヤルを捜せ
島田荘司　火刑都市
島田荘司　御手洗潔の挨拶
島田荘司　御手洗潔のダンス
島田荘司　暗闇坂の人喰いの木
島田荘司　水晶のピラミッド
島田荘司　眩(めまい)暈
島田荘司　アトポス
島田荘司　異邦の騎士〈改訂完全版〉
島田荘司　御手洗潔のメロディ
島田荘司　Pの密室
島田荘司　ネジ式ザゼツキー

島田荘司　都市のトパーズ2007
島田荘司　21世紀本格宣言
島田荘司　帝都衛星軌道
島田荘司　UFO大通り
島田荘司　リベルタスの寓話
島田荘司　透明人間の納屋
島田荘司　占星術殺人事件〈改訂完全版〉
島田荘司　斜め屋敷の犯罪〈改訂完全版〉
島田荘司　星籠《せいろ》の海(上)(下)
島田荘司　屋上
島田荘司　名探偵傑作短篇集 御手洗潔篇
清水義範　蕎麦《そば》ときしめん
清水義範　国語入試問題必勝法
清水義範　愛と日本語の惑乱
清水義範・西原理恵子・え　独断流「読書」必勝法
椎名誠　にっぽん・海風魚旅〈怪し火さすらい編〉
椎名誠　小魚びゅんびゅん荒波編〈にっぽん・海風魚旅3〉
椎名誠　大漁旗ぶるぶる乱風編〈にっぽん・海風魚旅4〉
椎名誠　南シナ海ドラゴン編〈にっぽん・海風魚旅5〉

菅野雪虫　天山の巫女《みこ》ソニン(5) 大地の翼
鈴木大介　ギャングース・ファイル〈家のない少年たち〉
鈴木みき　日帰り登山のススメ〈あした、山へ行こう!〉
瀬戸内晴美　かの子撩乱
瀬戸内晴美　京まんだら (上)(下)
瀬戸内寂聴　新寂庵説法 愛なくば
瀬戸内寂聴　人が好き [私の履歴書]
瀬戸内寂聴　白　道
瀬戸内寂聴　寂聴相談室 人生道しるべ
瀬戸内寂聴　瀬戸内寂聴の源氏物語
瀬戸内寂聴　愛する能力
瀬戸内寂聴　藤　壺
瀬戸内寂聴　生きることは愛すること
瀬戸内寂聴　寂聴と読む源氏物語
瀬戸内寂聴　月の輪草子
瀬戸内寂聴　新装版 寂庵説法
瀬戸内寂聴　死に支度
瀬戸内寂聴　新装版 蜜と毒
瀬戸内寂聴　新装版 花《か》怨《えん》

瀬戸内寂聴　新装版 祇《ぎ》園女御《おんにょうご》 (上)(下)
瀬戸内寂聴・訳　源氏物語 巻《まき》一《いち》
瀬戸内寂聴・訳　源氏物語 巻《まき》二《に》
瀬戸内寂聴・訳　源氏物語 巻《まき》三《さん》
瀬戸内寂聴・訳　源氏物語 巻《まき》四《し》
瀬戸内寂聴・訳　源氏物語 巻《まき》五《ご》
瀬戸内寂聴・訳　源氏物語 巻《まき》六《ろく》
瀬戸内寂聴・訳　源氏物語 巻《まき》七《しち》
瀬戸内寂聴・訳　源氏物語 巻《まき》八《はち》
瀬戸内寂聴・訳　源氏物語 巻《まき》九《く》
瀬戸内寂聴・訳　源氏物語 巻《まき》十《じゅう》
関川夏央　子規、最後の八年
先崎 学　先崎 学の実況! 盤外戦
妹尾河童　少年H (上)(下)
妹尾河童　河童が覗いたインド
妹尾河童　河童が覗いたヨーロッパ
妹尾河童　河童が覗いたニッポン
妹尾河童 野坂昭如　少年Hと少年A
瀬尾まいこ　幸福な食卓

関原健夫　がん六回 人生全快
瀬川晶司　泣き虫しょったんの奇跡 完全版〈サラリーマンから将棋のプロへ〉
瀬名秀明　月と太陽
仙川 環《たまき》　幸福の劇薬〈医者探偵・宇賀神晃〉
曽野綾子　透明な歳月の光
曽野綾子　新装版 無名碑 (上)(下)
三浦朱門 曽野綾子　夫婦のルール
蘇部健一　六枚のとんかつ
蘇部健一　六とん2
蘇部健一　届かぬ想い
曽根圭介　沈底魚
曽根圭介　本ボシ
曽根圭介　藁《わら》にもすがる獣たち
曽根圭介　TATSUMAKI〈特命捜査対策室7係〉
zopp　ソングス・アンド・リリックス
田辺聖子　川柳でんでん太鼓
田辺聖子　おかあさん疲れたよ(上)(下)
田辺聖子　ひねくれ一茶
田辺聖子　愛の幻滅 (上)(下)

高橋源一郎　日本文学盛衰史
高橋源一郎・山田詠美　顰蹙文学カフェ
高橋克彦　写楽殺人事件
高橋克彦　総　門　谷
高橋克彦　北斎殺人事件
高橋克彦　北　斎　の　罪
高橋克彦　総門谷R　鵺(ぬえ)篇
高橋克彦　星　封　陣
高橋克彦　炎《ほむら》立つ　壱　北の埋み火
高橋克彦　炎立つ　弐　燃える北天
高橋克彦　炎立つ　参　空への炎
高橋克彦　炎立つ　四　冥き稲妻
高橋克彦　炎立つ　伍　光彩楽土〈全五巻〉
高橋克彦　白　妖　鬼
高橋克彦　降　魔　王
高橋克彦　火　怨〈北の燿星アテルイ〉(上)(下)
高橋克彦　時　宗　壱　乱星
高橋克彦　時　宗　弐　連星
高橋克彦　時　宗　参　震星
高橋克彦　時　宗　四　戦星〈全四巻〉
高橋克彦　天を衝く(1)～(3)
高橋克彦　ゴッホ殺人事件(上)(下)
高橋克彦　高橋克彦自選短編集〈1　ミステリー編〉
高橋克彦　高橋克彦自選短編集〈2　恐怖小説編〉
高橋克彦　高橋克彦自選短編集〈3　時代小説編〉
高橋克彦　風の陣　一　立志篇
高橋克彦　風の陣　二　大望篇
高橋克彦　風の陣　三　天命篇
高橋克彦　風の陣　四　風雲篇
高橋克彦　風の陣　五　裂心篇
田中芳樹　創竜伝1〈超能力四兄弟《ドラゴン》〉
田中芳樹　創竜伝2〈摩天楼の四兄弟《ドラゴン》〉
田中芳樹　創竜伝3〈逆襲の四兄弟《ドラゴン》〉
田中芳樹　創竜伝4〈四兄弟《ドラゴン》脱出行〉
田中芳樹　創竜伝5〈蜃気楼都市《ミラージュ・シティ》〉
田中芳樹　創竜伝6〈染血の夢《ブラッディ・ドリーム》〉
田中芳樹　創竜伝7〈黄土のドラゴン〉
田中芳樹　創竜伝8〈仙境のドラゴン〉
田中芳樹　創竜伝9〈妖世紀のドラゴン〉
田中芳樹　創竜伝10〈大英帝国最後の日〉
田中芳樹　創竜伝11〈銀月王伝奇〉
田中芳樹　創竜伝12〈竜王風雲録〉
田中芳樹　創竜伝13〈噴火列島〉
田中芳樹　魔　天　楼〈薬師寺涼子の怪奇事件簿〉
田中芳樹　東京ナイトメア〈薬師寺涼子の怪奇事件簿〉
田中芳樹　巴里《パリ》・妖都変〈薬師寺涼子の怪奇事件簿〉
田中芳樹　クレオパトラの葬送〈薬師寺涼子の怪奇事件簿〉
田中芳樹　黒蜘蛛島《ブラックスパイダー・アイランド》〈薬師寺涼子の怪奇事件簿〉
田中芳樹　夜　光　曲〈薬師寺涼子の怪奇事件簿〉
田中芳樹　魔境の女王陛下〈薬師寺涼子の怪奇事件簿〉
田中芳樹　タイタニア1〈疾風篇〉
田中芳樹　タイタニア2〈暴風篇〉
田中芳樹　タイタニア3〈旋風篇〉
田中芳樹　タイタニア4〈烈風篇〉
田中芳樹　タイタニア5〈凄風篇〉
田中芳樹　ラインの虜囚
田中芳樹・幸田露伴原作　運命〈二人の皇帝〉

講談社文庫　目録

講談社文庫　目録

講談社文庫　目録

橘　もも　OVER DRIVE《オーバードライブ》
橘　もも　沖田×華 原作　安達奈緒子 脚本　小説 透明なゆりかご(上)(下)
滝口悠生　愛と人生
髙山文彦　ふたり〈皇后美智子と石牟礼道子〉
陳　舜臣　中国五千年(上)(下)
陳　舜臣　中国の歴史全七冊
陳　舜臣　小説十八史略全六冊
陳　舜臣　新装版 阿片戦争全四冊
陳　舜臣　琉球の風(上)(下)〈レジェンド歴史時代小説〉
千早　茜　森の家
千野隆司　大店の暖簾《のれん》〈下り酒一番〉
千野隆司　分家の始末〈下り酒一番(二)〉
知野《ちの》みさき　江戸は浅草
崔《チェ》　実《シル》　ジニのパズル
筒井康隆　創作の極意と掟
筒井康隆　読書の極意と掟
筒井康隆 ほか12名　名探偵登場！
津島佑子　黄金の夢の歌
津村節子　遍路みち

津村節子　三陸の海
津本　陽　真田忍俠記(上)(下)
津本　陽　本能寺の変
津本　陽　武蔵と五輪書
津本　陽　幕末御用盗
塚本青史　呂后
塚本青史　王莽
塚本青史　光武帝(上)(中)(下)
塚本青史　張騫
塚本青史　凱《がい》歌《か》の後《のち》
塚本青史　始皇帝
辻原　登　マノンの肉体
辻原　登　寂しい丘で狩りをする
辻村深月　冷たい校舎の時は止まる(上)(下)
辻村深月　子どもたちは夜と遊ぶ(上)(下)
辻村深月　凍りのくじら
辻村深月　ぼくのメジャースプーン
辻村深月　スロウハイツの神様(上)(下)
辻村深月　名前探しの放課後(上)(下)

辻村深月　ロードムービー
辻村深月　ゼロ、ハチ、ゼロ、ナナ。
辻村深月　V. T. R.
辻村深月　光待つ場所へ
辻村深月　ネオカル日和
辻村深月　島はぼくらと
辻村深月　家族シアター
新川直司 漫画　辻村深月 原作　コミック 冷たい校舎の時は止まる(上)(下)
常光　徹　学校の怪談〈K峠のうわさ〉
常光　徹　学校の怪談〈百円のビデオ〉
津村記久子　ポトスライムの舟
津村記久子　カソウスキの行方
津村記久子　やりたいことは二度寝だけ
津村記久子　二度寝とは、遠くにありて想うもの
恒川光太郎　竜が最後に帰る場所
月村了衛　神子《みこ》上《がみ》典《てん》膳《ぜん》
出久根達郎　作家の値段
フランソワ・デュボワ　太極拳が教えてくれた人生の宝物〈中国・武当山90日間修行の記〉
戸川昌子　新装版 猟人日記

2019年3月15日現在